第一部
醫族現世

VOLUME 1

OSCAR PILL

ELI ANDERSON

藥丸奧斯卡

艾力・安德森——著 陳太乙——譯

LA RÉVÉLATION DES MÉDICUS

給

梅莉莎、納歐蜜、玉兒、夏沙、諾亞和席耶納：

我對你們的愛，

無論講多少故事，寫多少書，

也永遠述說不完。

不可思議的越獄

賽格．波波夫走到辦公室窗邊，打了個寒顫：窗外，大片大片的灰白雪花迴旋狂舞，寒風陣陣狂掃，鑽入所有能鑽的縫隙，在岩石之間呼嘯。

守衛搖搖頭，不敢置信：大六月天的，竟然颳起狂風暴雪！沒錯，雖然這裡是西伯利亞最深處，而且黑山監獄座落在一座小丘陵頂端，被烏拉山高聳陡峭的山壁四面包夾。在這裡，冬天過後，仍可能雲霧繚繞，持續寒冷幾個月，但總還不至於到引發一場暴風雪的地步……這個世界瘋了。

他拿了一件毛毯，裹住身體，離開那令人沮喪的風景。反正，陷在這個哪裡都不是的鬼地方，在這座陰森森的堡壘裡與世隔絕，只有幾個不愛說話的同事作陪，一切都令人沮喪。

他抬眼望了望掛鐘：現在是正午十二點半，囚犯已經用完午餐；他該去巡房，收拾餐盤了。

他帶上武器，檢查運作是否正常——這個動作他每天要做十次以上——然後走出辦公室。他的巡邏範圍，其實只有一間牢房和一名囚犯。工作並不多，但所擔負的責任重大，非比尋常，他自己很清楚這件事。

這是因為，這群殺人犯和惡棍皆非等閒之輩，而很倒楣的，他所負責的，算是其中最惡名昭彰，也最危險的一名。

他往下經過一連串階梯，路線非常複雜，只有他知道怎麼走。每一次，他都覺得好像走到了地心最深處：溫度更冷，寂靜更沉，氧氣不足，無法燃燒，連火炬也熄滅……只聽見他的鞋底踏在結霜的石地上，以及掛在身上的那串鑰匙相互碰撞，喀啦喀啦的聲響在牆壁之間的狹窄空間迴盪，鑽進他的腦子裡。

他終於來到一座沉重的金屬門前，那扇門被上了好幾道鎖。每一道鎖都只有一把鑰匙能開，而且必須確實按照順序使用，才能開啟。如果次序亂了，所有的鎖將被連環封鎖，得花上好幾個小時，進行十分複雜的操作，才能全部解套。同樣地，依然只有賽格一個人知道整套程序——當然，還有大長老。大長老對他完全放心，即使他只是部門裡一個小嘍囉，甚至不是組織裡的一員。

他聚精會神，用凍僵了的手指抓起第一把鑰匙，打開了第一道鎖，依此類推，一路開到最後一道。然後，取下斜擋在門板上的鐵棍，進到一個幽黯的密閉空間。在他面前，出現了第二道門，門的正中央刻了一個鑲金邊的M字。他從口袋掏出一個項鍊墜子，嵌進字母，完美吻合。一道門板滑動，露出一條信箱開口大小的縫隙。

賽格很謹慎地留在門邊，小心翼翼地斜過上半身，看見餐盤就放在縫隙前。

「您用過餐了嗎？」他問。

很顯然地，他沒得到任何回應。十三年來，他從沒聽過這名囚犯的聲音。算他走運：傳聞那聲音會讓對話者背脊發涼，不寒而慄。起初，他覺得很奇怪。在黑山監獄，他看守過千百名囚犯，他們通常喜歡趁獄卒巡邏經過時跟他聊幾句：對他們來說，那是打破靜默的唯一時機。那些最危險的兇神惡煞終究一個個破功，開口說話。

但他沒有。

「把餐盤往我這裡推。」賽格要求。

再一次，依舊沒有任何反應。

獄卒謹慎地伸出手，把餐盤拉過來。他從來不敢掉以輕心：每一次，他都害怕那個重刑犯趁此機會抓住他。其實犯人應該沒辦法做出多麼過分的事，畢竟他們之間還隔著第一道門，但是他一點也不想冒險。上面說明得夠清楚了：有那個人在，一切都是危險。「特別是，」醫族大長老在隨囚犯附上的信裡清楚明令：「千萬，千萬不要看他的眼睛！」

從第一天開始，賽格就謹遵照辦，並打算，如果需要的話，就這麼遵守命令直到死去——或者是到恐怖囚犯死去的那一天為止。他拿起餐盤，取出字母形的墜子，貼在門上。門板滑動，將那一小道縫隙封死。

他再度打開第一道門的重重關鎖，出去，然後重新關上。

他連忙爬上所有階梯，把自己關在辦公室裡；這才發現他太急著離開地下牢房，忘了依照慣例，先把餐盤拿去廚房。於是只好多披幾件衣服，重新端起餐盤。

他朝盤子看了一眼，大吃一驚，停下了腳步：一條油漬沙丁魚，完好如初，大剌剌地霸佔餐盤正中央。這條可口的沙丁魚是從哪裡來的？一般來說，廚房裡的食材不多，伙頭只能就著人家送來的東西料理。這裡可是世界盡頭與世隔絕的險峻鷹巢，也就是說，根本做不出什麼好菜：大白豆、小豆，或者，極少見地，高湯裡漂浮著一小塊瘦肉……到頭來，囚犯、獄卒和其他工作人員吃的都大同小異。

一個畫面立即從記憶中跳出來：上個星期，他的犯人收到一個小包裹；他檢查過內容，是一盒罐頭。賽格猶疑了一下。他已經好久沒嚐到油漬沙丁魚的滋味了。但眼前這一條來自世界上最危險的男人的牢房。誰知道這會不會是個陷阱？說不定這魚有毒呢？當然，被重重上鎖，關在最難以抵達的監獄裡，想取得毒藥難如登天；但是，這個男人什麼事都辦得到……

賽格剁下沙丁魚頭，轉身面向托克馬達——一團肥碩的黑毛球懶洋洋地臥在桌子下，挨著他的腳。托克馬達之懶，前所未見；牠最主要的活動就是等人家好心來餵。有件事卻也不得不承認：監獄裡，實在沒什麼事可做，也沒什麼東西可咬。黑山監獄，加上牢裡那些恐怖的囚犯，就連老鼠也逃得遠遠的……托克馬達睜開一隻眼，注意到獄卒手上掐著的魚頭，另一隻眼睛隨即睜開，高興地喵喵叫。牠從空中接住沙丁魚塊，牙床一咬，一口磨碎。賽格觀察貓咪的身體反應。幾秒鐘過去了，一分鐘過去了，然後，兩分鐘：看起來，托克馬達仍然健健康康的，因為牠又窩進角落裡，半瞇著一隻眼，隨時準備睜開另一隻，再吃一頓。

守衛要的就是這個：他正要撲向那條沙丁魚，卻被一道炫目的閃光茫了視線，整個人往後一彈。在極為亮白的光線中，有兩個更亮的亮點，就在他眼前閃爍；隨後一切恢復正常。

他驚愕不已，環顧四周，不明白剛剛發生了什麼事，疑心起來，抓緊了武器。辦公室裡沒出現任何變化，沒聽見絲毫聲響破壞寂靜——要說有什麼的話，也只有托克馬達躲進角落，豎起了一身貓毛。賽格想去親近牠，但貓咪兇狠地呲牙裂嘴，他覺得還是留在原地比較好。他到走廊上巡了一圈，回到桌邊坐下，一頭霧水。到底發生了什麼事？他沒辦法形容。會不會是暈眩了一下？畢竟他肚子餓了，很餓很餓。中午喝的那碗湯太少了點，而現在天氣又這麼冷。對，一定是這樣，暈眩了一下。

他的頭既暈又痛，所以才會往後跌坐；但那陣暈眩來得急也去得快。他想起先前正準備做的事，於是津津有味地品嚐了那條沙丁魚，彷彿那是全世界最精緻最可口的美食——同時，儘管一切無異樣，卻又總覺得自己不是一個人在辦公室裡。

吃完魚之後，他鬆了口氣，確定盤子裡一滴毒藥也沒有；因為，除了彌補了寒酸的午餐，心滿意足之外，身體並沒有任何反應……他搖搖頭，把空餐盤拿到廚房放好，然後回到座位上，讀起一個月送來一次的過期雜誌。

到了下午四點——這是他平常休息的時間——他就一個人，幾乎全天候看管那名囚犯，跟其他獄卒不一樣——別人可是每八個小時換一次班。他站起身，伸伸懶腰……然後穿上毛皮大衣，這個舉動把他自己都嚇了一大跳！外面，暴風雪還沒平息，但是很奇怪，他就是坐不住。他這個人最討厭大冷天，根本不可能會想在這種天候下出去，此時卻感到一種無法控制的急切需求，非想動動僵麻了的雙腿不可，並去做一件只有在夏天才會做的事：步行巡邏整座堡壘。通常，這要花上他一個小時左右，因為有幾條路開在岩石之間，並不好走；但走這麼一大圈有提神的效果，讓他有足夠的活力應付夜班的工作。只是，今天，回來之後，想必他會被凍成愛斯基摩人！

他不知道自己著了什麼魔，怎麼會做出這個奇怪的決定，卻仍點亮一支火把，走出堡壘外。每個走道和樓梯口都有同事看守，他一一打招呼問好，彷彿被遙控的機器人，經過一群防護著監獄唯一出入口的警衛，而他們連續為他打開三道門。

堡壘外，風勢稍微緩和，雪花逐漸覆蓋周圍的草原。他實在不敢相信自己的眼睛：春天已經快結束了，卻見這樣一幅景象！他已經全身凍僵了，然而，卻覺得自己被一股不尋常的內在力量推動，彷彿腦子裡有一個小小的聲音在指引他。他沒去抗拒這抑制不了的渴望，反而開始晃蕩閒逛，每一步都小心翼翼：出來之前，他沒想到該穿適合走在滑溜薄冰上的鞋子。冰涼的空氣讓他感到很舒服。

他走上巡邏路線，沿著高聳雄偉的黑色城牆，不久後就走出同事的視線及聲音範圍。就在這個時候，他再次聽到那一聲微弱的「喀啦」，就在腦子裡，右眼後方。他的左手臂垂下，左小腿突然一軟，像個布娃娃似地倒在厚厚的雪地上，完全不懂到底發生了什麼事。在此同時，一道炫目的閃光又出現在他面前。他抬起頭，驚慌失措。

「這是……是怎麼……」

一隻黑色靴子踩在他臉上。起初還輕輕的，後來把他的臉頰都壓歪了。獄卒的眼珠子骨碌滾動，四處張望，視線終於停留在壓制他的高大黑衣人身上。那人的面容似乎被一層薄霧遮住。只有一抹顏色，白茫茫的背景中，紅色衣領格外突出。

儘管半邊身體痛得麻痺，賽格卻感到如釋重負，彷彿一隻鬼魂終於離開了他的軀體。他總算弄懂自己犯下了一個致命錯誤：當初不該把罐頭留在包裹裡。他扭過頭來，好不容易擠出幾個字：

「您……您躲在沙丁魚裡，對吧？」

一切真相大白：閃光，閃爍的眼睛，然後暈眩，頭痛……

賽格想繼續大聲說出來：

「然後，您……您進入了我的腦子，您替我做出決定，而且……而且剛剛出來了……」他喘著氣說。

一陣狂笑消散在無止盡的山林之間，他們被群山包圍。

獄卒起了一身雞皮疙瘩，但卻不是因為室外氣溫太低。他感到一股更恐怖的寒意從背脊升起，逐漸侵襲還能活動的另外半邊身體。他想說話，話語卻哽在喉嚨底部，隨後口吐白沫，像水龍頭的水那般流個不停。

黑衣人的靴子從獄卒的臉移開。他後退了幾步，然後又回到賽格身旁，扒走他的毛皮大衣。穿上衣服之後，他就朝遠方離開；大雪下，迎著風，昂首闊步，無視狂風再現，拋下堡壘牆腳那具逐漸消失在純白雪花之下的屍體。

距離幾千公里之外……

守口如瓶的秘密

巴比倫莊園位於歡樂谷最熱鬧的區塊。小學的操場上，處處聽見孩童高聲喊叫。幾分鐘之前，天空還是一片完美蔚藍；忽然間卻烏雲密佈，然後展開一場在六月天從未見過的暴風雨。孩子們驚慌害怕，奔竄到遮雨棚下躲避。

艾登．史賓瑟，他幾乎整個人趴在地上。但他擔憂的不是脫序的天氣：現在，他宛如風中枯葉，全身發抖，也知道求救大喊根本無濟於事。這樣嘈雜，沒有人聽得見。

一個男孩帶著不懷好意的微笑朝他走來。是羅南．摩斯；永遠都是他，騷擾艾登，讓他難受。而且，當羅南禁止他跟任何人提起，他最好乖乖聽話。那傢伙比大家都高大強壯，理個毛刷般的小平頭，總穿連帽衫，拉起帽子，一條非常寬鬆的牛仔褲，像美國黑人饒舌歌手。就連十三歲的高年級生也懼他三分，盡量不去招惹他。

艾登抬起頭，看看圍著他的五個人：羅南高高在上，雙腿岔開，扠著腰，睥睨著他。掌握他生殺大權的劊子手，雙眼黝黑，如刀鋒一般銳利；艾登避開那雙眼睛，瞥見他嘴裡兩側的尖牙；羅南的外號就是這麼來的：鯊魚。只是，羅南遠比為覓食或自衛而攻擊的海底殺手殘酷。他最大的嗜好就是欺負弱小，敏感或害羞的孩子，純粹只想讓他們難過，以壓制他們為樂。

問題是，艾登既弱小，敏感，又害羞。

他是獨生子，為了治療骨頭，小時候在醫院裡住了好幾個月。為了在脊椎上裝螺絲，裝釘子，裝金屬片，不知動過幾次手術。他不能做運動，也不能在操場上和其他小朋友玩，因為他必須避免跌倒受傷，甚或摔斷一截脊椎骨。他幾乎沒有朋友，害羞到病態，簡直無法開口說話，而且因為從來沒做過運動鍛鍊，本人瘦得就像根釘子。

摩斯把手伸向倒在地上的男孩。

「怎麼，史賓瑟，你忘啦？今天是星期一耶！」

艾登困難地嚥下口水，努力不結巴，回答：

「今天我……我沒錢。」

摩斯臉上仍掛著笑，但艾登看出他眼裡燃起怒火，整個人縮成一團。

「週末的零用錢呢？史賓瑟？你花到哪裡去了？」

艾登看著其他人，滿臉通紅。

「我沒拿到。」他的聲音微弱得幾乎聽不見。

「為什麼會沒拿到？你爸媽實在太窮了，是嗎？」

其他四個人，三個男生加一個女生，都笑了起來。摩斯把身體再彎低些，掐住艾登的脖子。

「你最好想辦法弄到錢。嗯？」

艾登想回話，但摩斯的鐵腕掐得他快窒息了。這時，後方傳來另一個聲音，響亮有力，替他回答。

「他已經告訴你他沒有錢。你沒搞懂嗎？」

摩斯鬆開艾登，跟其他四人一起轉過身去。在他們面前的，是一個中等身材的男孩，藍眼，一頭火紅捲髮。

「哦！原來是胡蘿蔔頭！現在是怎樣？紅毛鬼要幫鳥仔腳出氣呀？」

摩斯完全沒把新來的傢伙看在眼裡。那個男孩仍悠哉地嚼著甘草，雙手插在口袋裡，彷彿把這一群人當作空氣，經過他們身邊卻視而不見，直接走到艾登面前停下。

「站起來！」他說。「你總不會整節下課都趴在地上吧？」

「喂，藥丸，你幹嘛跑來蹚渾水？」摩斯嚷起來。「這是我跟史賓瑟之間的事，你走開。」

艾登朝來助他一臂之力的救兵投了個哀求的眼神：希望這個男孩，奧斯卡，能反抗摩斯。他跟奧斯卡並不熟，因為，說實話，班上同學他一個也不熟；但是他記得那一頭獅鬃般的火紅亂髮，也沒見過奧斯卡跟摩斯那幫人在一起。這一點，他很確定。

奧斯卡對他伸出手。他抓緊之後，站了起來，

「別任由別人欺負。」奧斯卡說，「千萬不要。否則，永遠沒完沒了。」

艾登一時難以抑制發抖的狀況，十分艱辛地用雙腿撐起身體。摩斯和他那夥同黨站在奧斯卡身後，高出他半個頭。

摩斯的大手搭上奧斯卡的肩膀，抓得很緊。

「藥丸，你沒聽見我說什麼嗎？這不關你的事，快滾開，要不然，你會得到跟史賓瑟一樣的

待遇。」

奧斯卡轉回身，肩膀一抖，一下子就甩開摩斯。他不但沒有發抖，反而露出微笑。艾登目不轉睛地看著他，眼神充滿崇拜：好傢伙，很顯然地，他一點也不害怕。

「所謂的『待遇』是什麼？」奧斯卡握緊雙拳，問道。

摩斯微笑起來，笑的理由卻不一樣：能欺凌其他男孩，他高興極了。尤其是藥丸，這傢伙看起來想跟他硬槓。這可是證明誰是強者的好機會，順便挫挫那些小子的銳氣：他們都像奧斯卡一樣，打腫臉充胖子，竟敢跟他一較高下。

他朝奧斯卡走去，那張滿是青春痘和傷疤的臉往前逼近。

「是一種非常特別的待遇，」他咬牙切齒地說：「我特意發想出來，對付像你這樣，喜歡當囉嗦老爹的人。喔，我知道了，因為沒有爸爸，所以特別想當爸爸，是吧？」

直到目前為止，奧斯卡始終保持平靜。但每次一有人提起他的父親，他就會怒火中燒，怒氣有如一股狂潮，從腳底湧上頭頂。

「你也一樣，摩斯，顧好你自己的事就好。」奧斯卡氣急敗壞地說。

摩斯明白他已刺中男孩的要害。

「在我賞你一頓特別待遇之後，你還是可以躲進媽媽或姊姊的裙子裡偷哭……」

下一個字還來不及說，奧斯卡已經撲向他，用整個人的重量壓上去。兩個男孩互相揪住，在地上打滾。

不一會兒工夫，身材高大力氣也大的摩斯就翻轉到上方。他只用一隻手就壓得奧斯卡的手臂無法動彈，另一隻手則掐住他的脖子。奧斯卡完全無法呼吸，覺得腦袋快要炸開了。他試圖掙脫，但摩斯比他強壯太多。他瞪著摩斯細長的眼睛，心下清楚，若沒有人插手，這個傢伙絕不會住手。奧斯卡用目光四處找尋艾登．史賓瑟。那孩子縮在牆邊，嚇壞了。他不可能幫上忙的……奧斯卡可不想被勒死在操場上。他彎起小腿，使出全力，腳往地上一蹬：兩個人又都滾成一團，而這一次，被壓制在下方的變成了摩斯。憤怒的奧斯卡力氣暴增十倍以上。

「怎麼樣？摩斯！」奧斯卡怒吼：「現在，你要不動嘴皮子了吧？嗄？你剛剛說什麼？要賞我什麼特別待遇？」

就在此時，奧斯卡感到腹部一陣劇痛，逼得他不得不鬆手：寇爾．多赫弟就在他身旁。那傢伙整天黏著摩斯，比他養的狗還聽話；剛剛就是他踢了奧斯卡一腳，現在岔開粗壯的雙腿，站得直挺挺的，露出縫隙好大的門牙鬼笑。能助他的「老大」一腿之力，他顯得洋洋得意。摩斯趁機站起身，一拳正中對手的臉，把奧斯卡打倒在石板地上，眼冒金星。

「夠了！」

所有人動作一致，全都回過頭去看。他們身後，一名四十多歲的男人，穿著灰色西裝，戴著方形金框眼鏡，氣沖沖地瞪著他們。操場終於恢復安靜，只聽見瀑布般的暴雨打在雨棚頂上。

「不用說也知道，」企鵝老師說：「又是你，摩斯！還有你，藥丸。」當他發現是奧斯卡，又補了一句，稍微沒那麼生氣：「你真讓我失望。」

他嘆了口氣，雙手交叉，背在背後。

「再兩天就放假了，你們竟然還找得到方法打架！既然如此，你們兩個都一樣，明天放學之後，留校察看兩小時！由我來親自監督。」

艾登依然縮在牆邊，微微發抖；這時，他試著插話：

「企鵝老師，不是藥丸的錯，是……是……」

摩斯只瞪了他一眼，就封住他的口。

「是什麼？」企鵝老師不耐煩地質問。「史賓瑟，如果你有話要說，就快說；要不然，就回教室去。下課時間結束了。」

艾登沒有回答。他滿臉通紅，選擇快步跑向教室門口。摩斯和他的同黨也都離開了，只剩那幫人裡唯一的女孩蒂拉。她朝奧斯卡走來。

「要跟羅南．摩斯對抗，你還不夠份量。」她刻意說出事實，淘氣一笑：「不過你呢，你比較可愛。」

奧斯卡把目光轉向別處，止不住滿臉通紅。幸好四周人不多。蒂拉是班上數一數二的漂亮女孩；即使在十二歲這個年紀，奧斯卡對足球和電動比較有興趣，卻也已經注意到她在校園中的倩影，那一頭金色秀髮和澄亮的眼睛。

蒂拉笑了起來，轉頭跑開。奧斯卡也準備走回教室。企鵝老師出聲喊住他：

「藥丸！」

奧斯卡瞪著天空翻白眼，停下腳步。老師那一番教訓他早就聽得滾瓜爛熟了。

企鵝先生盡可能用溫和的語氣對他說：

「奧斯卡，我還是得再說一次，我真的很失望。我以為經過上星期的討論，你會比較懂得克制自己。感覺上，我先前說的話都白說了。」

奧斯卡知道他回答什麼都沒有用：企鵝先生是他的導師，親切和藹，卻也非常嚴格——至少，頑固的程度跟他不相上下。所以，他也還是想為自己辯護：

「老師，是摩斯不好，他們全部的人圍住史賓瑟，然後——」

「然後你就跑去蹚渾水，老毛病不改。」老師打斷他，一面重新把眼鏡架上鼻梁，調整了好幾次。

奧斯卡知道這個動作代表什麼意思：老師愈生氣，摸鏡框的次數就愈多。看來，這一次，他最好閉嘴。不過摩斯總有一天會得到報應的。

「又沒有人請你出來主持公道。而且，我比你更了解摩斯。至於你，你答應過我要保持冷靜，看樣子你並沒有信守承諾。」企鵝老師毫不客氣地指出。

奧斯卡沒有說話。讓暴風雨過去，這是眼前最好的做法。他想起史賓瑟沒替他辯護就急忙逃開。或許，老師其實是對的：並沒人請他出頭幫忙，也沒人感謝他。那就自認倒楣吧！至少，他對摩斯表明了態度：他不會任人欺負。

「看看你這副德性。」老師又說，並遞給他一條手帕：「沾了一身泥沙和血！」

奧斯卡接過手帕，拿來擦臉。他感到頸子一陣灼痛：是多赫弟最後那一腳？還是在他跟摩斯揪成一團滾在地上時受了傷？他在流血。他用手摀住傷口，立即有一陣奇妙的感受：一股冰涼的氣流順著他的指尖流到頸子上。他嚇了一跳，縮回那隻手，檢視掌心。就在皮膚下，還殘留一點電流般的感覺，但外表看起來完全正常。

企鵝老師拉開奧斯卡的手臂。

「別碰！你手上都是沙土灰塵，會感染傷口。」

他把男孩的頭往後仰，湊近檢查傷口，隨後站直身子。奧斯卡看見老師的鏡片後方，一雙眼睛瞪得又圓又大。

「這……其實，你根本沒傷！連抓傷的痕跡都沒有！這太奇怪了！我敢發誓，幾秒鐘之前……」

他搖搖頭。

「應該是別的部位受傷，血沾染到脖子上，只是這樣罷了。」

奧斯卡再次用手撫摸頸子。接觸到肌膚時，不再有刺刺的感覺；原先明明摸到傷口的，而現在，手指下方的傷痕的確消失無蹤……

企鵝老師把注意力拉回原先的焦點：對奧斯卡訓話。

「藥丸，你是個非常優秀的學生，但這不表示你什麼都可以做。假如這件事用勸說的你聽不懂，需要留校察看才有效，那就留校察看吧！現在，回教室去，動作快！」

這一天好漫長，放學鐘聲終於響起時，奧斯卡覺得已經在學校待了一個星期。

他坐在教室最後面，獨自一人，服從老師的命令，連下課時間也留在座位上。整個下午，史賓瑟都在逃避奧斯卡記恨的目光。摩斯和他的狐群狗黨偏偏相反，仍對他不斷挑釁。但企鵝先生充滿警告意味的目光更厲害：奧斯卡寧願克制撲向摩斯的衝動，盡量專心聽老師講課。接下來的兩個小時上歷史課，要聚精會神實在不容易；不過，任課老師賴特先生的聲調令人呵欠連連，像唱搖籃曲似的，全班都陷入昏昏欲睡的狀態，沒有人有力氣挑釁誰。

一聽到鐘響，他就跑出教室，急忙穿過操場，往校門去。遠遠地，他就瞥到史賓瑟，那身影很快地像變魔術一般消失不見。

他跑過時，其他學生紛紛回頭。很顯然地，敢跟摩斯嗆聲的人並不多，消息早就傳遍校園。不久之後，大家就會害怕跟他說話，以免惹惱摩斯，遭到欺凌報復。別人怎麼想，他不在意，還不如為一個更棘手的問題傷腦筋，那可需要運用更多手腕處理才行：該如何跟媽媽解釋明天要被留校察看？

要隱瞞他跟摩斯打了一架的事已經很不容易，想把被處罰的事默默混過更難上加難。

更何況，只不過是上星期的事，企鵝老師才特別請賽莉亞去學校懇談。

「藥丸太太，貴公子各方面的能力都很強。」這話老師不知跟她重複過幾千遍。「所有老師一致這麼認為。他很有趣，引人注目，但也很叫人生氣，因為他完全不受控制，只照自己的想法走：想到什麼就做什麼。但是在學校，這樣是不行的。」

賽莉亞不能辯駁什麼，她自己也快要掌控不住那孩子了；但她不想把家裡的私事講出來，費唇舌解釋自己是單親媽媽，獨自帶兩個孩子，比有父親的家庭辛苦。事實上，賽莉亞對自己的成果頗為滿意：本來她有可能養出個小流氓或像摩斯那樣的小混混呀！儘管摩斯可是有爸爸的。但她的孩子不是。好吧！他有點不守規矩，有點叛逆，但是個心腸好，聰明又率直的男孩。

那又怎樣。她對孩子的寬容苦心是白費了。若奧斯卡宣布，他的長褲被碎石地磨破，下課時間像個野孩子一樣在操場上跟人家打架，明天還要被處罰留校察看兩小時，賽莉亞．藥丸總不能去誇獎他，或在他額前寵溺地親一下……

奧斯卡大步走在人行道上。他刻意繞開幾條滿是熟人的街：店家、管門員，甚至長椅上的小老頭們，他幾乎都認識。他不想拖泥帶水，只想趕快把真相告訴媽媽——因為他不想對媽媽說謊，她有權利聽見最詳實的敘述。至少，他沒受傷——這樣，她可以少擔心一件事。

他想得出神，沒有立即聽見有人喊他的名字。

「奧斯卡！等等！等等我！……」

他轉過身，看見綁著兩根紅辮子的姊姊朝他跑來。

她跑到他面前停了下來，上氣不接下氣。

「你怎麼不等我？」薇歐蕾質問。雀斑點點的臉紅通通的。「而且，從你穿越操場的時候我就開始叫你了，你都沒聽見！」

奧斯卡忍不住想笑：總算有一次，要迷糊的不是他姊姊……有時候，薇歐蕾甚至聽不見貼在她身邊的人說話。假如她正專心思索一些奇奇怪怪的事，就算在她耳朵旁吹小喇叭她也不知道。問題是，薇歐蕾永遠在思索一些奇怪的事。

他把她從頭到腳仔細看了看，嘆了口氣。薇歐蕾已經十三歲了，打扮還跟剛會自己穿衣服的年紀差不多：亂七八糟，手裡抓到什麼就穿什麼，只要在那個當下，衣服的樣式和顏色是她喜愛的就好。今天，奧斯卡發現她已經降低了糟糕的程度：很幸運地，而且肯定是偶然的傑作，她選了一件淡紫色的夏季背心裙，配上粉紅色短襪。奧斯卡的目光往下移，落在薇歐蕾的腳上。他朝天翻了個白眼，快氣炸了。

「薇歐蕾！」

女孩嚇了一跳。

「幹嘛？」

「妳的鞋子！」

「喔，」薇歐蕾說：「怎麼了？我認得啊，是我的鞋子沒錯。」

「好極了！妳的記憶力超強。不過，妳什麼也沒發現嗎？」

薇歐蕾注意檢視了自己的雙腳，然後抬起頭。

「沒發現。為什麼一直問？」

奧斯卡再也按捺不住。

「因為這兩隻鞋子不一樣！薇歐蕾！左邊那隻是黑的，另一腳是紅色！這很顯眼耶！一腳黑一腳紅，拜託！」

薇歐蕾又專注地看了腳上的鞋子幾秒鐘，然後才回答：

「喔，大概吧……你覺得怎麼樣？很漂亮啊，不是嗎？」

就在這個時候，兩個女孩經過他們身邊，看了薇歐蕾的鞋子一眼，噗哧大笑。奧斯卡認出她們，是他班上的同學。他搖搖頭，嘆了口氣，繼續往前走，不想理姊姊。他曉得，有時候，姊姊真的會讓他出糗，所以他不願意在她旁邊待太久，尤其當還有其他孩子在場的時候。

薇歐蕾最後又對著鞋子傻笑了一次，開始追在弟弟後面小跑步。

「唉喲！等一下啦！你幹嘛跑走？等等我啊！奧斯卡～！」

奧斯卡停下腳步，卻不肯回頭。他不想發現有其他小孩因為姊姊而正在嘲笑他們。

「夠了，不用大吼大叫的，我等妳就是了！」他說。

但他卻沒聽到薇歐蕾回答，也沒聽見她的腳步聲，倒是聽見好幾個大人大聲嚷嚷。他感覺背後有一場混亂騷動，於是轉過身去，不由自主睜大了眼睛：一名婦人驚慌失措地將上半身越過圈在人行道工地的黃色警告條，對著一個下水道孔講話……而那個下水道孔竟然沒有水溝蓋！好幾名工人從一輛卡車上跑下來。

奧斯卡箭也似地飛奔過去，把書包扔在婦人腳邊，越過塑膠警示線，趴在洞口邊緣。下面一片漆黑，他什麼也看不清楚——看不見任何身影。

「薇歐蕾！」男孩大喊。

一個細微的聲音從洞底傳來，給了回應：

「是……」薇歐蕾發出呻吟。

婦人也趴下來探望。

「她看著天空，心不在焉地往前跑，」婦人一臉抱歉地說：「我就在她旁邊，但還來不及拉住，她就掉下去了，像一顆石頭掉入井底那樣，撲通！」

三名工人前來加入他們的行列。奧斯卡一秒鐘都不遲疑，立即攀住垂到洞裡的繩梯，一下子就不見身影。

「等等，小子，讓我們來搞定！」

太遲了：才一會兒工夫，奧斯卡已經到達底部。薇歐蕾跌坐在一灘泥水中，微笑著，但看起來昏頭昏腦的。她揉揉腦袋，膝蓋和手臂上佈滿擦傷。奧斯卡湊上前去，拉開姊姊的手：她的額頭正中央腫了個好大的包。

「我想追上你，但同時，我又想跟著天上一隻燕子走。」小女孩用全世界最無辜的神情解釋：「我沒看見這裡有一個洞在路上……」

「再平常也不過……」奧斯卡喃喃嘀咕。

他沒多想，就把手放在腫包上：他的手指周圍顯現一圈綠光，然後腫包就像被太陽曬融化的雪一般消失無蹤。

奧斯卡自己吃了一驚，但並不想深入追究原因。薇歐蕾似乎什麼感覺都沒有，只忙著檢查牙套是不是還在。他扶著她的胳臂，幫她站起身；而當她站起來之後，擦傷、血跡，也全都不見了……

他抬頭看：上方，藍天日光之下，三個腦袋。希望他們之中沒有人看見剛剛發生的事。

「出來吧！小子，你在裡面我們就下不去，地方太小了！快上來，我們會照顧她。」

他懶得回應他們。

「還好嗎？」他問姊姊。

「好啊，很好。」她說，已經開始想別的事。「你想那隻燕子還在嗎？」

奧斯卡深深吸了一口氣，保持冷靜，然後把她牽到繩梯旁。

「走吧，我們該回家了。」他只說了這句話。「上去吧！」

她乖乖聽話，爬上第一格橫槓。奧斯卡又抓住她。

「薇歐蕾！」

「幹嘛？」

「這件事不用跟媽說。」

「說什麼？」

奧斯卡不禁微笑起來。她不僅沒注意當弟弟的手放在她身上時發生了什麼，說不定連自己掉進這個洞裡的事也忘了。於是他沒再多加提醒。

「哇！」她大喊一聲。「你看，好好玩喔！我的紅鞋沾了一點一點的泥巴，好像一隻瓢蟲在梯子上爬耶！」

「對啦，對啦，真的很好玩。好了，快上去！」

她爬到最高一階，工人們抓住她；她被抬起來，像一根輕飄飄的羽毛，然後落在地面。薇歐蕾對他們露出無比燦爛的笑容。

「好棒喔！」她說：「我以為自己真的飛起來了！」

「是啊！而我們還以為妳上不來了，孩子！我這是在作夢嗎？她竟然連一塊瘀青也沒有！」其中一名壯漢深感訝異。「妳的運氣實在太好了！」

奧斯卡把她往工地外推。

「她好得很，沒事。我們早就習慣了。來吧！薇歐蕾，媽媽在等我們呢！我們得走了。」

「你確定不需要我送你們一程嗎？」婦人問，經過剛剛那場意外，她仍然很擔心。

奧斯卡已經拉著姊姊一根辮子上路了。

「不必了，謝謝！沒問題的，我們就住在附近，奇達爾街。再見！」

薇歐蕾的目光已經又亂瞄到天上去了。奧斯卡緊抓著她不放，沉思剛剛發生的事。他再一次親身驗證，那現象絕非偶然。而且，他也很確定，這樣的事也不是第一次出現，他早就注意到了：由於他常騎單車，又成天莽撞愛冒險，身上難免碰撞出一些小傷；而他的傷口總神速癒合，不需照護治療，也不留一絲痕跡……

當初，在確認過這不是作夢之後，他興沖沖地把這件事告訴了媽媽。媽媽聽了之後臉色慘白。

「你……你一定是弄錯了。」她說，卻掩不住心中的焦慮慌張。「對，你以為你受傷了，但其實並沒有，就是這樣而已。那些事根本不存在，聽見了沒？不存在！」

隨後，她把他單獨拉到廚房。

「我只拜託你一件事，奧斯卡：別再來這套，或者做這一類的試驗。我太了解你了，你很可能為了看看行不行得通而受傷。這行不通的，聽見了嗎？我禁止你做任何試驗，也不准把這件事說出去。」

奧斯卡從未見過媽媽起這麼大的反應。那時，他一言不發，默默接受了。所以，今天，他當然不會把事情說出去——不跟媽媽說，也絕不跟任何人說。

幾分鐘之後，他們回到奇達爾街，推開門牌6897號的柵門。

時間是下午五點十五分，街上還很熱鬧。樣式獨特，五顏六色的房屋整齊排列。人們高聲交談，推開窗對另一扇窗邊的人招呼叫喊，各種語言都聽得見。若在用餐時刻散步街頭，可以陸續聞到東方香料，咖哩，大蒜和羅勒，披薩的香味——在古里諾家烤披薩那天，奧斯卡總有辦法得到邀請進去嚐嚐。所有人都互相認識，藥丸家兩個紅髮蘿蔔頭走在街上，當然絕不可能被視而不見。賽莉亞經常必須出去把停在每一個攤位前與每一個商家聊天的女兒帶回家。

她常有搬家的念頭，尤其是在丈夫過世之後；但大家都伸出援手，給她溫暖，她也離不開這些熱愛生命的樂觀人們，幾乎已形成了一個大家庭。

奧斯卡甚至懶得去管柵門關好了沒有。在這裡，大家都可以隨時走進每個人家。兩個孩子穿過小小的前院。這座院子看起來比較像一塊荒地：一叢叢的野草顯然從來沒割過，上個秋天的落葉直接在樹下腐爛，藤蔓和雜草競長，幾乎佔據所有空地。

屋子也差不多呈現類似的狀態：那是一棟木造樓房，有著尖尖的屋頂，米白色的油漆處處可見龜裂。有幾扇窗的窗扉已經關不緊，破落地懸在窗邊搖晃。賽莉亞向來不怎麼重視物質，對房屋品質更不在意，只要保持清潔，還算整齊就好。

奧斯卡和薇歐蕾拉開紗門，然後是屋門，急忙跑進家裡。

薇歐蕾把書包扔在玄關的直立衣架下。小小的玄關方方正正，牆上的俗氣壁紙已經發黃。賽莉亞實在沒有力氣換掉壁紙，於是選擇盡可能藏拙遮掩，在牆上貼掛了所有能貼掛的東西：各種畫作，表演海報，孩子們的照片，孩子們上學後畫的圖，從世界各地寄來的明信片……玄關的輪廓幾乎看不出來了。靠近客廳門口的一個角落，有一盆植物，垂頭喪氣的，應該不常有人替它澆水，只剩三片褪了色的可憐樹葉，勇敢地伸向吊在天花板上的燈泡——光禿禿的燈泡少了漂亮的燈罩，賽莉亞雖然已經買來了，卻始終沒裝上。

薇歐蕾一進門就往廚房跑。奧斯卡則選擇不要拖拉，連忙爬上樓梯，先避開媽媽的質問。他還沒決定該怎麼把放學前後那些事情講給媽媽聽。正打算躲進房間，就聽見賽莉亞的聲音。

「奧斯卡？你在樓上？」

奧斯卡閉上眼睛，放棄掙扎。他走下樓梯，彷彿準備赴屠宰場似的，走進廚房。薇歐蕾已經在那裡跟媽媽講得天花亂墜。他聞到可麗餅的香味，先前的煩憂幾乎一掃而空。

媽媽轉過身來，撥開掉在眼睛前的一綹長髮，露出美麗非凡的藍色眸子。這雙清澄如水的藍眼睛遺傳給了薇歐蕾。奧斯卡則繼承了父親的一般藍眼和紅頭髮——姊姊的頭髮也是紅的。賽莉亞也才剛到家，還來不及換下上班時不得不穿的高跟鞋和黑色合身套裝呢！就馬上忙著替孩子們準備點心。

看見兒子走進廚房，她露出微笑：

「哈囉，親愛的，你進房間之前，總可以先來跟我抱一抱吧？不是嗎？」

奧斯卡草草地跟她擁抱一下，注意力立即飄到榛果巧克力醬上。賽莉亞收起了笑容。

「你這傢伙，你有事瞞我，我沒說錯吧？」

她低下頭，看見兒子的長褲扯破了，T恤上沾了泥土沙塵。她轉頭看看薇歐蕾，又轉回來看看奧斯卡。

「你出了什麼事？」她擔心地問。

「沒事。」奧斯卡回答：「我只是……從學校回來的時候，在路上跌倒了。」

薇歐蕾從盤子裡抬起頭。

「是嗎？我怎麼都沒看到？！」她很認真地說，沒注意到弟弟睜大眼睛瞪著她。

奧斯卡知道姊姊並不會出賣他或找他麻煩，但這一次，他真想把整片可麗餅塞進她的嘴。賽莉亞嘆了口氣，對女兒說：

「薇歐蕾，可以不要打擾我們嗎？奧斯卡和我有事情要討論。」

她沒等到絲毫回應：薇歐蕾專心盯著盤子的花紋看，已經忘記他們正在談論什麼，也忘了弟弟說謊的事。他們儘管放心討論，大吼大叫也沒關係；現在小女孩的狀態不比她身邊的椅子好到哪裡去，什麼也聽不見。

賽莉亞走到兒子面前，直視他的眼睛。

「奧斯卡，把之前發生的事告訴我。我是你媽，最了解你，你有事瞞我的時候，我都知道。說到這個，」她繼續：「我在雨傘桶裡找到一本不知道幾月號的科學雜誌，你不必再去那裡翻了。」

從有識字能力開始，奧斯卡就喜歡閱讀。他幾乎什麼都讀，特別深受與科學和醫藥相關的書籍吸引，總是全盤接受。

很奇怪的，媽媽卻想盡辦法要他遠離這一切：她虎視眈眈地監視，動不動就沒收，連個理由都不給……不過，很快地，奧斯卡也頑固起來，於是兩邊都變得愈來愈偏執。他早已放棄追究賽莉亞到底在想什麼。但現在，他十二歲了，懂得暗中行事，搖身變成躲在被窩裡用手電筒照明夜讀的專家。他累積了幾十本人體科學刊物，分別藏在只有他才知道，而別人想都想不到的地方——在他房間裡，他甚至把一些文章塞進脫落的壁紙和牆壁之間的縫隙裡。

他深愛母親，對她隱瞞任何事物都令他難受；然而，他沒有選擇：他的狂熱和媽媽的嫌棄一樣不可理喻，這不是他能自主決定的。

他從椅子上彈起來，但賽莉亞抓住他。

「不，別動，先回答我的問題：到底發生了什麼事？」

「可是，媽媽，我真的很喜歡那些刊物！妳不可以——」

「可以，」賽莉亞打斷他：「我當然可以。證據就是：那本雜誌已經丟到垃圾桶裡了。現在，我等你回答。」

奧斯卡嘆了口氣，無力地倒回椅子上，用哀求的眼神看著她。就在這個時候，薇歐蕾從胡思亂想的夢境中清醒，撕開了優格上的錫箔紙，站起身，把紙屑丟進垃圾桶。就這麼剛好，這次她沒先舔一舔。奧斯卡緊皺眉頭——同時為他剛剛沾了一堆草莓優格的月刊封面禱告……

媽媽搖晃他的肩膀。他下定決心。

「我……我打架了。」他小聲說。

賽莉亞朝天翻了個白眼，頓時惱火。

「我能知道原因嗎？」

「摩斯。」奧斯卡僅回答出這兩個字。

「這個解釋有點太短。」賽莉亞一臉嚴肅。

「他們全部的人包圍史賓瑟，我想幫助他。」

賽莉亞嘆了口氣。她太了解兒子：他根本瞞不住她任何事——要不然就是演技太差，想瞞的事如同長在臉孔正中央的鼻子那樣明顯。而她也知道，他無法忍受不公平和懦弱的人。這些觀念都是她從小教導孩子們的。

「你還記得企鵝老師上星期說了什麼嗎？」她的語氣稍微和緩了些：「你必須長大，親愛的奧斯卡。你不能像以前那樣，總是想到什麼就做什麼，還常常在操場打架。」

「我知道啦！」奧斯卡回答：「但情勢就是比我強嘛！」其實他根本沒試著克制衝動；這件事他沒告訴任何人，就連企鵝老師也沒說！

「是啊！我也曉得：情勢永遠都比你強。但是，這已經是兩年來的第二間學校了，奧斯卡。再這麼下去，要不了多久，即使你的成績是全世界最好的，即使老師欣賞你，也沒有人敢收你。學校不要一個小混混，儘管他很友善，很引人注目，這件事，你懂嗎？」

奧斯卡低下頭，沒有回答。他不認為自己是小混混：他對高年級學長很有禮貌，雖然不是永遠——好吧，事實上，應該說並不時常——認同他們的做法，而且他也不太習慣遵守秩序和規定。他從來不帶惡意或故意挑釁，只是單純出自好奇；再加上他的內心欲望比外在那些規矩更強大一點，就只是這樣而已。而當他被罵的時候，到最後，他還記得媽媽有一次非常生氣，對他這麼說：「你跟你爸爸一模一樣，就是控制不了自己！」

自從聽到這句話之後，他就更不想費神去控制自己；其實，能跟爸爸相像，他感到很驕傲。關於爸爸，這成了他唯一知道的一件事，因為他從來沒見過爸爸。也因此，他怎麼能放棄跟爸爸相像的機會？

他感到媽媽的手撫過他的頭髮，於是抬起頭。賽莉亞彎下腰，對兒子微笑。

「我得先說清楚，不管全世界的老師怎麼說，我的兒子保護弱小的朋友，我感到很驕傲。」

「爸爸也一樣會保護他的朋友吧？」奧斯卡問，眼睛閃閃發亮。

賽莉亞把他擁入懷中。

「會的，他也會這麼做。我很確定。你跟他一樣勇敢寬厚，這一點，我也很確定。但是，畢竟，」她親了親他：「如果你在學年中能停止當正義使者的遊戲，我就省事多了。可以少洗很多衣服。」她一面說，一面檢查奧斯卡身上的衣褲。「你也知道我對洗衣服很不拿手，對吧？」

奧斯卡抬起腳：他的白色運動襪被嚴重染成紫色。

「沒錯。」男孩表示同意：「我知道。幸好牛仔褲夠長……」

賽莉亞故意假裝看別的地方，然後站起身。

「好吧！」她說，聽起來心情不錯：「我猜我對學校約談很拿手。也好，我還滿喜歡企鵝老師的，上星期談完之後我就很想念他。趁現在，我先來編一個新的大謊言，別讓他把你趕出學校，就這麼辦吧！」

奧斯卡對她露出笑容。

「如果妳願意的話，那個大謊言，我可以幫忙。」

「不用了，謝謝，我來就行。快去寫功課，順便洗把臉，換乾淨的衣服，要不然我會覺得自己在跟流浪漢吃飯。請你們兩位在七點準時上桌。先感謝你把消息傳達到樓上，如果你遇到姊姊，而且無比幸運地，她竟然沒在另外一個星球上的話……要不然，也不必太勉強。」

奧斯卡走出廚房，兩三下就爬上樓梯。過了媽媽的房間，他在姊姊的房門口停下腳步。門是開著的，但房裡沒人。他朝浴室走去，聽見水流聲啪答啪答；於是他決定先走開，等晚一點再告訴薇歐蕾用餐時間。

一回到自己的房間，他就關上房門，把書包丟到小書桌旁，爬上高架床的小梯。蜘蛛人的目光注視著他：電影海報佔據了大半個牆面。

他上半身倚在床墊上，朝窗外鄰居的花園看了一眼：肥碩的羽翼太太穿著睡袍，滿頭髮捲，正在修玫瑰花枝。而她那隻侏儒貴賓犬佩姬永遠離不開她，跟在她腳邊繞圈打轉。很顯然地，他們家花園維護得非常完美，奧斯卡常懷疑羽翼太太家的草坪是不是用剪刀一株株草修剪出來的。比鄰而居的藥丸家花園益發顯得凌亂寒酸。

他往窗邊靠，想多欣賞一下這幅風景：佩姬穿了一件小外套，布料和主人的睡袍一樣。奧斯卡很想對羽翼太太喊一聲，讚美她跟小狗搭配得真漂亮。但他決定還是不要貿然行事。上次他跟羽翼太太說話，其實就是為了向她道歉，在媽媽的威迫下，承認是他把佩姬浸到一桶粉紅色油漆裡，好讓牠能跟女主人的手提包呈現同一個色系。

今天晚上，他決定把這份讚美藏起來，自己知道就好，先著手解決功課。即使課堂結束了，企鵝老師還是有辦法讓他們被課業壓得喘不過氣來。就連奧斯卡也需要一個小時才做得完。

剛闔上最後一本作業簿，奧斯卡就連忙伸手到床墊下，在床板和被單之間翻找，拿出一冊小相本。他翻開相本。每天傍晚，放學回家之後，或一有點時間休息的時候，他就窩在床上一個角落，膝蓋上墊著抱枕，翻閱這冊相本。那是他的慰藉，是他的秘密樂趣——秘密而不可或缺的樂趣。

他很快地翻過媽媽、姊姊和他自己的相片，在同一張照片上停駐目光，跟昨天一樣，而明天他也會這麼做：照片上的男人一頭紅髮，剪理得非常短，非常寬闊方整的小平頭。他身穿一件開襟襯衫和一條百慕達短褲，坐在一張花園扶手椅上，看上去正在大笑。一名黑色長髮的年輕女子從身後將他環抱，也大笑著。從照片上看起來，可以猜到少婦肚子裡懷著孩子。就在他們旁邊，可以看見一輛娃娃車的兩個輪子。

奧斯卡用手指撫摸照片。

「嗨！爸爸。」他低聲說。

他短暫等待了一會兒，彷彿照片中的男子會跟他打招呼似的，然後又開口：

「今天，在學校發生了一些事……」

他又等了一會兒，讓照片中的人有時間把他的話聽進去，然後繼續：

「我小小打了一架，但沒有任何惡意鬥狠。而且，你知道的，」他壓低了聲音：「那件事又發生了，那個奇怪的玩意兒：我流了血，而當我把手放到傷口上之後，傷口就癒合了。跟以前那幾次一樣。而且，就是剛剛，在薇歐蕾身上又發生了一次。我曾經跟媽媽提過，她不願意我們談這些事，就像我那些生物學刊物……我一直不知道她為什麼要這樣，不過我也不堅持了。但是這件事，你知道，跟科學無關，我不知道該怎麼告訴你……」

他等啊等，簡直想等到一個答案，而跟每天晚上一樣，他的期待太高，以至於，得不到答案，他實在有些失望。照片就是照片，當然；話雖如此，他總有種感覺：無論以何種方式，父親總有一天會回答他。不見得用話語回應：有時候，他似乎會不由自主地做出一些事，而他總對自己說，這些舉動的背後，一定是父親在指引。彷彿爸爸附在他身上，指揮他的腳步和動作，然後他們一起做出決定……或許就是這個原因，所以人家說他像爸爸！總之，這麼相信著，他心裡比較好過些。

「奧斯卡？」

他嚇得從床上跳起。是姊姊的聲音。

「幹嘛？」他兇巴巴地回答。

「你在自言自語嗎？」薇歐蕾站在門後面問。「我聽到你的聲音，你在講話！」

「對，」他說：「我正在跟書包說話。」

「你也是嗎？」她的眼睛頓時亮了起來：「它有回答你嗎？我的書包到現在還沒回答我，不過我會繼續！我能進來嗎？」

奧斯卡低嘆了一聲算是回應，薇歐蕾推開了門。她向前走了一步，環顧四周，顯得很驚訝。

「呃……奧斯卡？」

「在這兒！」他從高架床上應了一聲。

薇歐蕾抬頭，從書桌上方往床鋪看。奧斯卡把相本塞進枕頭下，離開牆邊，俯下身來看姊姊。他終於知道為什麼她的聲音那麼奇怪，聽起來像舌頭下含了一顆杏桃核似的。

「妳是怎麼了？」男孩問，簡直目瞪口呆。

薇歐蕾把戴在眼睛前的潛水鏡拉高，架在額頭上，把呼吸管從嘴裡拿出來，頭髮濕答答地滴著水。她拉起裙角把臉擦乾。

「不久後就要去海邊度假了，你忘啦？我先在浴室的洗臉台練習。」她小聲說：「結果我很喜歡耶！我覺得自己像一隻魚，只是剛好顛倒過來：我的水族箱被水包圍，但裡面有空氣。不過，千萬別跟媽說，好嗎？我要給她一個驚喜。」

奧斯卡不由得想像薇歐蕾打算送給媽媽的驚喜是讓浴室淹大水。姊姊的頭埋在洗臉台裡，腳浸在一大灘水中，那個畫面，無論如何還是讓他笑了出來。

「還有跟書包說話的事，最好也別告訴她，好嗎？」薇歐蕾建議，並對弟弟擠擠眼睛，很高興能跟他共享秘密——而且是她最近迷上的嗜好：與物品交談。

奧斯卡點點頭。

薇歐蕾微笑，露出整副牙套。媽媽的聲音響起，打斷兩人的外星人對談。

「孩子們，上桌吃飯囉！」

「今天吃什麼？」薇歐蕾扯開喉嚨問。

「哈，猜猜看吧！」奧斯卡嘟噥起來：「煎漢堡配薯條，跟平常一樣……」

賽莉亞探頭到樓梯間，心情十分雀躍。

「你們最愛的：薯條配煎漢堡！」

「啊！」奧斯卡慢吞吞地從他的窩巢爬下來。「猜錯了。今天晚上我搞錯了順序。」

薇歐蕾嘟起嘴，又把呼吸管塞回嘴裡。

「偶想偶不餓。」

幾個小時之前，同一座城裡……

任務

貝妮絲．魏特斯似乎沒注意到正在肆虐的暴風雨。她的腳步出奇篤定，狂風雖然吹過她的身軀，卻彷彿沒碰到形體。她裹著一件灰色雨衣，腳掌穩穩地踏在地上。她那雙防水莫卡辛鞋毫不在意地踩著水坑；而大夏天的，她竟穿了緊身褲襪！此時正好替她擋住泥漿。她雙手緊握雨傘柄，傘面已經被吹翻了上百次。她暫停下來，調整頭上那頂小小的雨帽，撥攏幾綹散亂的銀白捲髮，看看四周，又繼續邁出堅定的步伐。

「夫人，您應該找個地方避一避才好，這種鬼天氣會把您給吹走的！」

她抬起頭，透過佈滿水滴的眼鏡鏡片，辨識出一位身形高大的警察。警察先生試圖伸手脫帽跟她打招呼，卻只剛好來得及抓回飛走的帽子。這位先生從頭到腳濕淋淋地滴著水，看起來實在很不稱頭；肥大的酒糟鼻淌著鼻水，眼睛睜得又大又圓：的確沒錯，真是個鬼天氣。她努力克制自己不笑出聲，僅對他露出一個迷人的微笑。

「不必了，謝謝您，警察先生。」她不好意思地說：「我要繼續往前，請不要擔心。」

警察盯著老太太被鏡片遮住的綠色眼眸，幾乎確定逮到她迅速地偷擠了一下眼睛。魏特斯女士調整好鱷魚皮皮包，揮揮手指向警察說再見，消失在滾邊雨傘下，冒著大雨，快步離開。

走了幾公尺之後，她望望手錶：已經下午三點二十分了。小老太太的迷人笑容已不復見，她深深皺起眉頭。要是再拖拉下去，半路又遇上一個冒失警察，那她可就要遲到了。

然而，這次的約見，任何人都不准遲到。

根據至尊長老會的緊急訊息所言，今天尤其不准遲到。要是她對訊息的理解沒錯，從現在起，一秒鐘也不能浪費。

她敏捷地閃過水窪和車輛，轉進一條寧靜許多的住宅區小街。揮別主街上那些灰沉沉的建築物和五顏六色的櫥窗，取而代之的，是一排排整齊漂亮的獨棟樓房，前庭花園皆悉心照料維護。天色似乎已經好轉，雨勢變得比較規律。

魏特斯夫人加快腳步，一直走到一座雄偉的大房子前，才在雕花鐵欄杆大門前停下。這座建築以米白色長石砌成，平台式屋頂，正好面向對街的公園。

門上的大理石板淌著雨水，上面刻著幾個深色字體：

庫密德斯會

她轉頭四處張望：公園裡一片荒涼。只有一個男人在亭子裡躲雨，等待天晴，而他的眼睛看著其他地方。她仍不放心，猶豫了一會兒，寧願再往前走一點，等那個人離開了公園之後，才返回這棟大房子前方。進出庫密德斯會，永遠要防避被任何人注意到。她抬頭看看建築物上的寬闊大窗：所有窗簾都拉上了。她懂得這代表什麼意義。這個信號，自從她在十三年以前來到藍色公園大街之後，只見過一次。後來，窗簾總是垂放在窗戶兩旁。

她暗暗朝公園涼亭中的男子瞥了一眼：人已經不見了。唉！她沒時間繼續在小廣場上閒逛，尋找那個神秘客的蹤影。她收起雨傘，急忙踏上通往門口的高台階梯。門牌上刻著兩個姓名縮寫字母：「W. B.」。她輕輕拭去門牌上的水滴，按下門鈴。

「日安，彭思。」

「日安，魏特斯夫人。」管家回禮，神情凝重。

貝妮絲．魏特斯脫下大衣、手套，一身行頭全遞給彭思。鋪滿大片黑色大理石地板的入口大廳裡空空蕩蕩，中央的主要樓梯也一樣。

「其他人到了嗎？」老太太低聲問。

「是。」管家回答：「全部的人都到齊了，夫人。」

她脫掉大衣，放下皮包、雨傘之後，彭思就幫她套上一件披風：墨綠色天鵝絨，墨綠絲綢內襯。一切穿戴妥當，可以去和其他長老會合了。她對管家露出微笑。

「在哪裡開會？」

彭思猶豫了一下，清了清喉嚨，這才回答：

「在黃廳，夫人。」

魏特斯夫人朝天翻了個白眼。

「我神慈悲！彭思，溫斯頓．布拉佛明明知道──」

管家不得已冒昧打斷她：

「是的，夫人。先生確實提及您對鳥類過敏，深受其擾；但為了慎重起見，在那裡開會比較安全。」

他在說話的同時，目光透過門上的玻璃斜面朝外看。他似乎也擔心著遠處下著雨的小廣場上的動靜。魏特斯夫人點點頭。

「我覺得好像有人在監視我們。」

「從下午開始，他就窩在涼亭裡了。」彭思知道得更詳細。

「他看見我們所有人進來？」老太太深感不安。

「不。」管家要她寬心：「有三位長老是從地下道進來的，另一位走後門。」

魏特斯太太聳聳肩。

「走後門！一定是安娜瑪莉亞，沒錯吧？」

彭思僅以笑作答。

「果然沒錯。」老太太繼續說：「她打扮得像個芭蕾舞星，就算從後門走，也不會有半條神經想到可能被跟蹤或監視這件事。」

彭思彎腰鞠躬：

「我來為您帶路，夫人。」

「不，不必了。」她說。「我知道怎麼過去。」

她嘆了口氣。

「就飛入老朋友的羽毛裡吧，親愛的，反正我也沒有選擇。」

「那就麻煩您了……」管家一邊說，一邊打開雙扉門的其中一扇門板。

「彭思，可否請您再多加仔細觀察我們在廣場上那位神秘窺探客？或許他只是一個倒楣的路人，想躲躲雨而已；但假如不是的話……」

彭思默默點頭，朝一張獨腳小圓桌走去，轉動一只銀色酒杯，一面牆緩緩拉開；他走了進去，消失不見，彷彿被施了魔法似的，牆面隨即自動合起。

魏特斯夫人走進客廳，細心地關上門，然後才穿過沐浴在柔和光線中的廳堂。她的步伐如時鐘的滴答響一般規律，繞過軟綿綿的綠色天鵝絨長沙發。整個長形空間幾乎到處鋪設了壁毯和地毯，阻隔了她的腳步聲。

她朝壁爐走去，短暫地凝視了一下劈啪作響的綠色火焰。溫斯頓．布拉佛要求彭思注意，一年到頭，無論冬夏，不分晝夜，壁爐裡都要燒著柴火。庫密斯德會的永恆之火，他總喜歡這麼說。魏特斯太太想起他們曾經幾度在下午茶時間，舒服地靠在椅背上，詳和寧靜地對談。不玩感傷主義，她再次提醒自己，彷彿遵從著無聲的指令。早已時移事往。

她從頸子上取下一條長項鍊，項鍊有著一個環形圓墜。然後，她就近打開一座櫥櫃的抽屜，拿出一只閃著鋁箔光澤的手套。她將手套套在右手臂上，拿起鍊墜，伸手探入火中。她的手有了保護，不畏火焰燒傷，在牆面上亂摸一陣，終於找到了她要的東西：光滑牆面上的一處凸起。透過指尖，她感覺出刻在石牆上的M字。她將項鍊墜子蓋上去，壓下按鈕，將手從火焰中抽出。在此同時，客廳角落的圓形牆面轉動了。

魏特斯夫人脫掉手套，放回抽屜，朝開口走去。牆的另一面露出一個完美的圓錐形空間，剛好契合佔據大房子一個邊角的奇怪小塔樓。從這座塔的外部看不見任何窗戶。老夫人走進這個房間，牆面再次轉動，把她關進塔裡。

貝妮絲．魏特斯把圓墜項鍊戴回脖子上，觀看塔內的擺設。這個圓錐形空間幾乎空無一物——除了兩樣小小的例外：角落中，有一張跟牆面顏色一樣的黃色椅子；而在塔的正中央有一座基石，上面放了一只鳥籠。鳥籠裡，金絲雀的顏色跟其他東西一樣，也是黃色。

老太太嘆了口氣，掏出手帕摀住鼻子，朝鳥籠走去，注視那隻棲息在小鞦韆上，無動於衷的鳥。

「日安，維克多。」

金絲雀發出一串緊張的顫音當作回應。

好極了，繼一名警察之後，現在連一隻鳥都來對我大小聲，老太太心想。她勉強對牠擠出一個微笑，但鳥兒沒理她。魏特斯夫人真想一把抓起牠，扔進客廳的壁爐烤熟，但現況不允許她這

麼做：她需要這隻鳥，其他人都在等她。而且，畢竟，其他長老恐怕不會喜歡火焰的高溫……所以她只能緊靠著牆，面對金絲雀，集中注意力。她深深吸了一口氣，睜大眼睛，衝向不堪一擊的籠欄。

眨眼瞬間過後，只見維克多仍傻傻地在小鞦韆上搖盪，身邊有幾根羽毛緩緩飄落。

塔裡只剩下牠。

「啊！也太久了吧！」一名年輕男子嚷了起來。他的身材略嫌削瘦，一頭怒髮衝冠，在座位上躁動難安。

貝妮絲·魏特斯站起身，打了個噴嚏，當作回答。

她撫平長袍上的皺摺，撥下斗篷帽，披在肩上——這身裝扮和圍著圓桌坐的那五人一模一樣。

「我們還在猜您到底會不會來呢！」在場兩名女士中的一位補上了一句：「可別說您跟那隻金絲雀比跟我們有話聊，貝妮絲。」她露出促狹的鬼笑。

魏特斯夫人亦報以一記笑容：

「親愛的莫倫，可以的話我才不想理牠，您知道的：我對羽毛嚴重過敏。」

「好了，好了！我們不會整天都在這裡面！您只要吃一些抗過敏的藥就好了！」阿力斯特·麥庫雷大聲說。

魏特斯夫人假裝沒聽見年輕男子的話。這人的個性她清楚：耐性差，容易激動，完全無法遵守任何命令、規定、法律之類的事情。然而他的忠誠度可經得起一切考驗。她很欣賞他，一如欣賞他已逝世的父親（雖然後者在死前失去了腦袋。）

坐在最邊邊的男子開口了：

「冷靜點，阿力斯特。」他的聲音沙啞低沉。「我們都還沒開始討論正事，你就已經快沸騰了。」

魏特斯夫人與那位看起來是會議主席的男子交換了個有默契的眼神。

「日安，貝妮絲。」男子彬彬有禮地招呼。

溫斯頓．布拉佛身材十分高大魁梧，手長腳長地超出沙發座椅。而他說起話來也同樣架式十足。在他發言之後，現場立即一片靜默。他下意識地撫平圍繞著英俊臉龐和方正下巴的柔黑毛髮，脫下細框眼鏡，放在桌上。他深色的頭髮與眼睛及身上的綠色長袍形成對比。他的披風衣緣繡著金線，在微弱的光線下閃閃發亮。魏特斯夫人看得出他的右手手掌裡握著一個鑲著金邊的M字。與其他醫族的墜子唯一的不同，在於那個M字中央鑲有一顆綠寶石——一如那件華貴的鑲金披風，歸醫族大長老專用。

她的右手裡也握著自己的墜子。

「日安，溫斯頓。我來遲了一點。」她率先坦承。「我沒想到天氣這麼差……還有個警察出餿主意想幫我。」

「很好。」另一個男人第一次發言：「既然貝妮絲．魏特斯已經把她走來的路程說明完畢，也提出了道歉，我們或許可以進入會議的主題了？」

弗雷徹．沃姆平靜地表示。他的聲音尖細刺耳，嘴角似笑非笑，眼睛始終注視著坐在對面的大長老。

老太太決定不回話，僅微微欠身。坐在沃姆左邊的是一位五十多歲的女士，精心打扮得鮮豔醒目，似乎渾然不知周遭發生了什麼事。她戴著一頂巨大的假髮，手指撥弄著一綹髮絲，整張臉活像被一座赤褐色奶油小山壓住的彩漆罐。

「日安，安娜瑪莉亞。」貝妮絲．魏特斯試著打招呼，心裡並不抱任何希望。

聽到這幾個字，安娜瑪莉亞．崙皮尼女爵驚醒過來，粉紅色的眼皮眨個不停。她一臉目瞪口呆，轉頭望望其他人，彷彿剛遇見五名外星人似的——依她天馬行空的幻想力來看，這也不是不可能的事——然後終於認出魏特斯夫人。

「貝妮絲，親愛的，您終於來了！大家都在等您。我們或許可以開始了，不是嗎？」

魏特斯夫人搖了搖頭，始終難以相信這個臉孔塗成五顏六色的古怪貴族會是醫族現存大長老之一。據說，她是僅存的幾個能進入植物體內的人。就她所知，在其他五位因本領高強，功勳卓越而當選長老的傑出醫族之中，只有在場這位溫斯頓．布拉佛能辦到。

莫倫．茱伯特的手插入那一頭剪得像男孩的金髮，努力憋笑。

「您說得對，安娜瑪莉亞。」她說：「這些人該在的時候卻不在該在的地方，真是太難為情了……」

「既然所有人都到了……或又回來了，」溫斯頓．布拉佛很快地看了女爵火紅的雞冠頭一眼，補上一句，「我們可以繼續開會，進入主題了：親愛的朋友們，今天早上，」他每一個字都加重語氣：「拉茲洛．史卡斯達爾從黑山監獄逃脫了。」

所有長老都彷彿受到重擊，驚愕得說不出話來。只聽得金屬「喀啦」一聲，莫倫．茱伯特嚇了一跳，阿力斯特．麥庫雷從座位上跳了起來；原來是安娜瑪莉亞因為太過驚嚇，猛然蓋上了她的粉盒。

「什……什麼？」她在一團粉霧中結結巴巴地說：「誰？逃脫？怎麼回事？」

沃姆伸出戴上手套的手，按在安娜瑪莉亞的手上。

「閉嘴。」他簡短地說。

女爵感到一股寒意透過指尖傳來，於是連忙抽手。沃姆抬起頭，淡藍色的眼眸盯著溫斯頓．布拉佛。

「麻煩您繼續說下去，溫斯頓。您可以把這場……悲劇的詳細狀況告訴我們嗎？」

魏特斯夫人用眼角觀察鄰座的沃姆：從他閃閃發亮的眼神看來，她敢發誓，他並不真的認為這是場悲劇。果不其然，永遠有件什麼事情凸顯他們的不同，即使，事實上，她非常信任他，也深信他對醫族真心投入支持。

溫斯頓．布拉佛站起身，注視在場每一個人，然後才繼續：

「看守他的警衛失蹤了，而他的囚室裡空無一人。」

「有任何破壞的痕跡嗎？」莫倫問。她總能一針見血，直入核心。「例如，窗戶欄杆被拆掉，或者床底下有個洞或秘道之類的？」

「什麼也沒有。」溫斯頓．布拉佛回答。「他們什麼也沒找到，但他們的確把整間囚室徹頭徹尾搜查過了。」

「難道有共犯潛進了監獄？」阿力斯特質疑。

「可想而知，那座監獄根本不允許任何人探監。」大長老回答。

魏特斯夫人很清楚溫斯頓．布拉佛的性格：他說的每個字都經過思考，順勢帶出接下來要說的話。

「他們究竟發現了什麼呢？」她開門見山地問：「因為，無論如何，他們總有發現到什麼東西，不是嗎？」

「警衛的屍體在監獄外。另外還有一樣東西，」溫斯頓坦承：「一個沙丁魚罐頭，空的。」

不需多想，魏特斯夫人已經明白監獄裡發生了什麼事。

「當然。」她說。「他把沙丁魚放在餐盤上，自己躲在其中一條裡面。」

「他竟然藉由體內入侵趁機脫逃？」沃姆大為吃驚，提出疑問。

「我還以為監獄裡供應的食物全部都是打碎的！」莫倫深感訝異：「那不正就是為了避免被囚禁的病族採用動物入侵術逃脫嗎？」

「這個罐頭應該是放在一個包裹裡寄送給他的，所以躲過了獄卒的警覺心。」布拉佛回答。

「主啊！」女爵喊了起來：「先是聚集在這隻醜陋金絲雀的胃裡，現在又要強迫我們進入沙丁魚！溫斯頓！光是想想，我就快吐了！不，說真的，親愛的朋友，一隻超恐怖禽鳥的消化系統，真的有這種必要嗎？」

「要與各位商議一件如此嚴重且機密的大事，」醫族大長老堅決斷言：「黃鸝是最安全的地方。現在必須以最快的速度啟動最高級警報。各位必須盡快運作你們的情報網路，將所有人的警覺心拉到最高點。如果史卡斯達爾自由了，他那些蟄伏在暗處的黨羽必然迫不及待要和他會合。在他入獄之前，我們都很清楚他的威力；很快地，我們即將再度迎戰這名頭號宿敵。」

「要是當初黑魔君當場被處死，而非只是被囚禁就好了……」沃姆懊悔不已。

魏特斯夫人沉默不語。她知道沃姆的目的只有一個：激她做出反應；而她偏偏不願隨他起舞。這件事她不想跟他討論，總之今天不想。她用眼角斜睨：沃姆的頭髮理得很短，短得幾乎看不出髮色已灰白。從側面看，他的鼻子長長地延伸到額頭上，細細的眼睛朝耳朵拉長。很顯然的，這些年來他始終沒變：外貌沒變，性格也沒變。

「沒有必要重提往事。」溫斯頓．布拉佛提高聲量裁示。「現在，各位都知道我們該做什麼：全世界的醫族必須互相溝通，互相幫助，偵測危險之所在，團結一致，對抗很可能東山再起的大怪獸。」

他站起身，其他人也跟著起立。

「從現在起，一切依照緊急指令進行。首先，必須提高前哨兵的數量，不僅止於我們的世界，另外五界也一樣。弗雷徹，這件事由您負責。莫倫，您的任務是清點每一個國家的每一支分會裡所有現役醫族人口。安娜瑪莉亞和阿力斯特，請兩位重新建立醫族之間的聯絡網。」

「那傢伙手到擒來！」年輕男子嚷道：「我們一定會贏！」

大長老深深注視每一個人，然後才以隆重莊嚴的語氣繼續說：

「十三年前，我們大家都以為從此再也不必過那樣黯淡的日子。我們錯了，太盲目了，因為當時大家只想要一件事：平靜。而平靜讓我們睡著了。現在，朋友們，我們必須醒來，並喚醒周遭所有人。如果能抓到史卡斯達爾，那真是對全世界做出了一大貢獻。」

所有人都默默點頭。安娜瑪莉亞．崙皮尼已經失去歡笑活力，阿力斯特則試著控制內心沸騰的情緒。

「無論如何請保持極度謹慎小心。」溫斯頓．布拉佛不忘叮嚀。「儘管我懷疑史卡斯達爾和他的打手們正打算直接衝著我們來……不過，至少，現在時候還未到。」他修正自己的說法。

莫倫．茱伯特率先悄悄消失，維持她一貫的低調，或許已經開始專新思考她要做的事。沃姆對其他長老點頭致意，對溫斯頓．布拉佛勉強擠出一個笑容，對魏特斯夫人則僅僅看了一眼，然後走出這間晃動不穩的會議室。他拉起斗篷帽，遮住那張十分蒼白的臉。阿力斯特．麥庫雷和安娜瑪莉亞．崙皮尼跟在他後面出去，兩人針對共同的任務熱烈討論。

魏特斯夫人是最後一個離開的人。她推開門時，溫斯頓．布拉佛喊住她。

「貝妮絲，拜託，請您留下來。我們必須談談……那些事，只有我們兩人能說。」

「請您把那扇門關上好嗎？」

魏特斯夫人一言不發地折返，屏氣凝神。溫斯頓．布拉佛將上半身探出窗外。他眼前是一座遼闊的轉運站：一條輸送帶傳送大量穀粒，另有幾只大桶子，裝滿一種黃褐色的液體。一些外形奇怪的個體到處忙碌穿梭，整個空間酷似一個鬧哄哄的蜂窩。

「這隻鳥吃得太好了。」布拉佛一臉嫌惡地說，「我得提醒彭思才行。」

他站起身，剛好來得及抓穩：會議室裡又一波收縮，害他失去平衡。

「安娜瑪莉亞說得對，這間黃廳一點也不舒服。我們坐下吧！」

他們回到原來各自的座位上，隔著桌子，一人一邊。魏特斯夫人率先開口：

「恐怕永遠也找不到他了，不是嗎，溫斯頓？您跟我一樣心知肚明。」

大長老沉吟了一會兒才回答。

「的確很困難，您說得對。所以我們必須立即行動，貝妮絲。」

「我們？」

「對，我們，您跟我。您知道，您是我最信任的人。比起我們其他幾個，您的經驗最豐富，或許，除了弗雷徹．沃姆之外……但是……」

布拉佛覺得這句話說到這裡就好。

「這項任務，只有交給您我才能放心。而且……」

他迅速看看四周，寧願多一分謹慎。

「其他長老也都是優秀的醫族，但每一位都有致命弱點；然而，我想託付給您的這件事，需要具備高強的本領和堅毅的性格。」

「我在聽，溫斯頓。您對我的期望是？」

「請您盡快投入啟發年輕醫族的工作。」

貝妮絲·魏特斯瞪大眼睛，久久說不出話。

「我？培訓醫族？想都別想，親愛的朋友！您自己說過，光是現在這樣，我們之中經驗最豐富的幾個的工作量已經夠多了！」

「我知道，但是一定得做。您也知道，我們的人數不是很多，剩下來的這些人沒經過訓練——事實上，打從黑魔君被逮捕之後，有些人已經十三年沒施用過附身術。我們之前太大意了，貝妮絲，實在太大意了。」

「您真的很擔心，對吧？」

何需大長老回答？他沉重的神情已說明了一切。

「如今史卡斯達爾自由了，」他說，「必然會為他的狐群狗黨注入一股新的能量。而如果他決定再次攻擊世界，消滅人類或逼他們屈服於他的魔力之下，一定很快就會出手。我們所有族人都必須做好準備，年紀最小的也不例外。」

「您要我怎麼做？該學的知識始終都是由父母傳承給孩子，而且——」

「正是如此。」大長老打斷她的話：「我要說的正是這件事：請您去拜訪每一個尚未教育孩子的醫族家庭，督促家長行動。事況緊急，他們必須立即教出能為我方戰鬥的可靠醫族。事不宜遲。」

「我們會嚇壞他們的，溫斯頓。」

「難道您寧願花時間好言相勸，然後讓我們的敵人像惡狼撲小羊似地把他們一網打盡？現在已經不是推敲琢磨的時候了。大家都該知道：警鈴已經響起。每個家庭都該參與我們的戰鬥，其中一個方式，就是讓父母教導自己的孩子。」

魏特斯夫人深深吸了一口氣。

大串回憶紛紛湧入她的腦海。剛才，沃姆的暗喻讓畫面更加鮮明。一張英俊的面孔浮現，那是維塔力・藥丸，史上最年輕最優秀的顧問，在十二年前死去。然後，她又記起了賽莉亞的臉：維塔力深愛相娶的妻子，但並非醫族之人。

最後，還有他們兩人的孩子們。

魏特斯夫人從未正式與他們相見，但她知道這對夫婦有一個女兒，後來又生了一個兒子。那兩個孩子或許繼承了父親的能力……

這些年來，她一直悄悄追蹤這家人，想確定這件事。或許，下結論的時刻已到。

「您說得對，溫斯頓。」她終究認同這個想法。「必須這麼做。那些年輕醫族從現在起就該接受養成。所有孩子，沒有例外。」經過短暫的停頓後，她又補充強調。

大長老注視她的眼睛，彷彿試圖知道她究竟有何用意。魏特斯夫人並不甘於僅止於此。

「可惜，有些孩子已失去父母，沒有人可以啟發他們，栽培他們成為一個有用的醫族。」她說：「這個缺憾也必須填補起來。」

「的確。」溫斯頓．布拉佛坦承，並探詢後續的可能性：「但您自己也說了：即使您曾當過大學教授，如今，可沒有閒工夫去當小學老師。所以，還是先管好父母親還活著的小醫族們吧！」

她站起來，走到他身旁坐下。

「您很清楚我到底想說什麼。」

「才不。」布拉佛回答，提防著。「不過您可以告訴我。」

她猶豫了一下，托出實情：

「唉！我在想小藥丸的事。」

大長老坐直身子，大為震驚。

「您腦袋不清楚了，貝妮絲！怎麼可能有這種念頭？！」

「溫斯頓——」

「想都別想！」布拉佛斬釘截鐵地說：「您沒聽見嗎？想都別想！」

「那個男孩很特別。他的姊姊不怎麼樣，可是他，真的，我很確定。他的力量很早就顯現出來了，但卻沒有經過任何訓練來讓他發揮！您不覺得這其中有某種徵兆？我們應該給他一個機會，效忠我們，這是他應得的。」

她遲疑了一會兒，然後又補上一句：

「或許，給他和另一個人一次機會。」

「徵兆，徵兆，」大長老叨唸起來：「我只看到一個徵兆，那就是您對他父親的依戀！如此而已！」

「溫斯頓，沒想到您還不到五十歲，卻頑固得像頭老騾子！要不然就是您不敢承認事實，永遠都不敢。」

她惱怒極了，不經思考就說了一大串，甚至決定使出殺手鐧。

「還有，關於希波克拉底誓言板，您怎麼說？上面的刻文呢？您親眼讀過的，不是嗎？」

溫斯頓．布拉佛整個人僵住，手一揮，暗示她立即閉嘴。

「您實在太魯莽了！」他斥喝魏特斯夫人：「發怒也不可如此。提……那件事，有什麼用？在我印象中，那已是很久以前的事了，而且那時我們都同意，所以，別再提了。」

魏特斯夫人沒再追究。

大長老迴避她，一言不發，陷入長考。她在一旁懷抱希望，不加以打擾。終於，他打破沉默，語氣也軟了下來；

「好吧！」他說，「我同意。」

「那麼，您總算相信我了？」魏特斯夫人回應。她鬆了一口氣，對於他的態度突然逆轉感到十分訝異。

「我並沒這麼說。」醫族大長老糾正她，「但是，若您說的果真是事實，我沒有權利排拒那孩子和他的天賦，使我們的陣營少了一名生力軍。這是我做出決定的唯一理由。」

「所以，您根本從來都不信任我！」

「又有何關係？」溫斯頓．布拉佛說。「重要的是，今天，我願意相信這可能是真的。反正，無論如何，我們需要所有力量。您似乎相信小藥丸遺傳了他父親的能力，而且儘管我們多年努力，他仍無師自通；假如真是這樣，我也認了，不得不照料他。話說回來，假如他不是醫族，」他的語氣中帶著一絲輕蔑，「他很快就會被我們看穿。」

「這個問題的答案我已經知道了，其實您也知道，即使您不願意承認。那孩子的確是醫族。」

「倘若如此，其他的部分就更不需多說了，您也可能是對的，」溫斯頓．布拉佛低聲說：「那孩子就需要您多加關照了。」

他刻意停頓了一下，然後湊近她，認真注視她。

「我同意……但有一個條件。」他說。「而且，我先警告您，這個條件不能商量。」

老太太早就知道不可能有這麼好的事，溫斯頓．布拉佛一定會要求她某些事情。她的眼神充滿問號。

「他由您來負責，但是，要在這裡。」他說，「在庫密德斯會。您若認為有必要給他上課，他就必須來到這棟屋子。當然，他可以出去，但是，只能在這個地方接受醫族的訓練。」

「好的。」魏特斯夫人回答。「既然您堅持，我就來庫密德斯會教他。」

「不僅如此。」布拉佛再加上但書。「我要求這件事必須以最秘密的方式進行，除了終究會知情的幾名長老之外，不能讓任何人知道，而且，長老們也愈晚知道愈好。如果讓其他族人——我的意思是，世界上任何一名醫族——知道我同意讓藥丸家的後代接受訓練，我們兩人都不會有好下場。」

「您有辦法說服長老會的所有成員嗎？」魏特斯夫人問。

他當然知道她在說誰。

「這是我的事。您只要遵守我提出的條件就好。」

「我可以承諾：自己一個人，在這裡，以最低調不為人知的方式，獨力進行秘密培訓。然而，最困難的部分還沒解決。」老太太嘆了口氣。

「您所指的是什麼事？」布拉佛擔心地問。

「您應該問，我指的是誰……因為我這邊也有人需要說服。而且，我所指的這個人不容易打動。比您那一位更難。」

「那是您的問題，親愛的。畢竟是您再三保證那孩子該在醫族中佔有一席之地。總之，最慢星期六之前，您必須說服他到這裡來跟您會合。過了這個期限，大門將不再為他開啟。絕不。」

魏特斯夫人打開會議室的門，牢牢抓緊，抵抗新的一波晃動，站穩腳步。

「我會辦到的，溫斯頓，不惜任何代價，我一定會辦到。」

她出了黃廳，離開客廳沙龍，彭思已經等候在側，並準備好她的衣物，幫忙她穿上大衣。她穿過玄關大廳，本已打算離開庫密德斯會，卻又改變主意，轉朝一扇精工雕琢的木頭門走去。

彭思注意察看她的舉動，沒移開腳步。

「我去一下子就來。」她對管家說：「不必等我了。」

「好極了，夫人。」

老太太推開門，進入一間長形廳室，裡面的佈置是裝飾藝術風格，與房子的其他部分風格一致。房間中央，一張很大的實木圓桌，六張綠色天鵝絨扶手椅佔去大半空間。這裡也一樣，窗簾拉上了；幽幽微光透進來，對抗懸在四公尺高的水晶吊燈。

她無視於高大的書架，往房間的另一個方向走，走到一面掛了許多畫像的牆壁之前。那些畫像裡的男人與女人屬於另一個時代，個個表情嚴肅。所有畫像都披掛相同的綠色天鵝絨布，上面用金絲繡了一個M字。另一個共通點則不是那麼顯而易見：仔細觀察那些作品，就會發現，每一位人物的右手中都緊握某樣事物。

所有作品都掛在陰影中，只有一幅沐浴在光線下。她一直走到那畫像前才停下腳步。畫中的人物是一個禿頭的矮小男人，一把落腮鬍紅得像胡蘿蔔，綠寶石色的斗篷下，從頭到腳一身黑衣。他挺立著，又正又直，如公義司法；他的目光落在遠方，右手斜在胸前。那隻右手也一樣，緊握著拳頭。畫作邊緣上可辨讀出一個用畫筆寫的名字：「西吉斯蒙·布拉佛」。德高望重的布拉佛家族祖先，在好幾個世紀以前隨第一批移民來到美國，與他的曾曾孫溫斯頓一樣是醫族大長老。

魏特斯夫人伸手撫摸那隻手，畫上的，老祖先的手：一道極為閃亮的光線形成一個大寫的M字，立即顯現在右手的第三與第四指的位置。畫上的皮膚彷彿突然變成透明似的，字母短暫綻放光芒，隨即消失。老太太呼了口氣。醫族還活著，確實還活得好好的，那完整的M字就是見證。然而她仍想確認放心。於是，她拿出自己的項鍊墜子，清楚地唸出以下這串字句：

於此牆後，顯現吧！不朽之身！
對我們宣告更美好的人生。

就在這一瞬間，牆面和所有畫像化為一陣閃爍的塵煙，顯露出一間與魏特斯夫人所在的地方一模一樣的廳室：同樣的大小，同樣的圓桌，同樣的天鵝絨扶手椅。擺設之中只少了書架。魏特斯夫人轉過頭，輕輕點了一下，向一位人物打招呼。她立即認了出來：站在她面前的，是活生生的西吉斯蒙．布拉佛本人。他的一隻手放在一張椅背上，另一隻手則橫在胸前。他看起來有點透明，彷彿被一層薄霧籠罩。他對她淺淺微笑，邀她向前。

魏特斯夫人走向大圓桌。桌子正中央擺了一個翠綠色的大瓷瓶。她俯下身子，深深吸氣，嗅聞一束美麗盛開的百合花。她跟其他長老都知道，西吉斯蒙的百合花宣示醫族最近的運勢，代表對未來的觀點。那束花從來沒撒過謊。她深感欣慰，因為今天，與幾個世紀以來無異，花朵散發出迷人芳香。

她站直身子，目光被一個小細節吸引：花束中央，有一片葉子枯黃了。她輕輕撫摸，花枝分開，其他葉片上出現清楚的斑點。她心頭一緊。一種變化莫測的香氣，一朵枯萎的花，一片毀損的葉：讓人不得不存疑。不，並非一切順利，她沒有理由完全放心。

於此牆後，消失吧！親愛的不朽之身！
請將最好的消息留給我們。

這座廳室像是被施了魔法一般，瞬間無影無蹤；而牆面和畫像都恢復實體，彷彿什麼事也沒發生過；僅有一個非常細微的差異：西吉斯蒙的畫像和其他作品一樣，也陷入陰影之中。

離開之前，老太太先去了藏書角落。她把一張伏爾泰扶手椅拉到書架旁，用眼角瞄了門口一眼，確定門仍好好關上。然後，她脫掉鞋子，身手驚人地輕巧，一下子就爬上椅子。她瀏覽架上最頂端那一列書，找到了她想要的那一本：《病族文選》。

她取下書本，人還沒下椅子，當場就讀了起來。她才剛翻開書頁，書裡的內容全部自動消失，只留下一行簡潔有力的字：

「這本書為醫族大長老溫斯頓．布拉佛所有，請放回原位，小好奇鬼！」

貝妮絲．魏特斯皺起眉頭；竟然被一本粗魯的書責備，她不禁氣惱。她可是長老會成員，而且歲數高齡！但她很清楚，這規矩是她自己訂下的，而當初長老會也投票通過：與所有其他圖書一樣，當讀者在未經所有人和作者的同意下閱讀這本書，全部書頁將變成空白。長老會的成員可以不需特別徵求所有人的許可，但仍應先經過作者同意。她懊惱自己因為臨時被溫斯頓．布拉佛留下晤談，竟忘了按照正常程序行事。

她很快地看了封面一眼，然後提出請求。

「親愛的比利．波依德，」她以最溫文儒雅的謙卑口吻說：「我滿懷感激，懇請您讓我閱讀您引人入勝的美文佳句；您可知道這些文字對我們來說多麼珍貴！我相信溫斯頓不會對我加以苛責。」

她等了一會兒，暗自祈禱作者接受她的請求，然後重新翻開書頁。再一次，文字與圖片皆如被施了魔法一般消失無蹤。顯然，比利．波依德絲毫不欣賞魏特斯夫人的禮數，也不喜歡她如此急躁，儘管她在長老會中佔有重要地位。

老太太怒火中燒。話雖如此，她還是抓住時間讀到了章節的標題：「病族大長老之衰敗與沒落」；尤其是，尤其是，她看見了一張照片。一個年輕人的照片。他微笑著，站在一位美麗的女子身旁，露出勝利的表情，得意洋洋。她一眼就認出照片上的人物，即使時光荏苒已十三年。

貝妮絲．魏特斯一陣心酸，闔上書本。她不能任由自己眷戀過往，更不能陷入遺憾愁緒之中。現在，必須轉身面對未來，而這份未來，具體而言，維繫在一個男孩身上。

她放下書，從扶手椅下來，把椅子拉回原位，圍上絲巾，重新打一個蝴蝶結，戴好眼鏡，快步走出藏書室。

從現在起，一分鐘都不能浪費。

深夜訪客

奧斯卡不一會兒就狼吞虎嚥地吃完晚餐，隨即急忙閃人。

「嘿！年輕人，你忘了甜點。」

奧斯卡一下子就猜到甜點是什麼，就像猜其他菜色一樣容易。

「不，謝了！」他早已上了樓，從樓上喊：「我不想吃優格！」

進房間之前，他停下了動作，俯身趴在樓梯欄杆上，又對著樓下喊了一聲：

「媽媽，晚餐很好吃！」

他沒等媽媽滿意回應——其實他很怕她一整個星期都做同樣的東西給他吃，就衝進房間把門鎖上。

才一爬上床，他就聽見樓下大門門鈴響起。他在腦子裡迅速地把這一天發生的事全回想一遍：除了下課在操場上打了一架，他沒做出別的會挨罵的事。姊姊想必已經重新開始在洗臉槽練習潛水，她也從不會做任何惹惱鄰居或其他人的事。那麼，這麼晚了，會是誰呢？

奧斯卡的腦海裡浮現出赫希萊那個笨蛋的臉，他連忙把影像遠遠揮開。

這個傢伙一天到晚在他媽媽身邊勾勾纏，光想到這一點，他就快氣瘋了。巴瑞・赫希萊成天穿青少年T恤秀肌肉，出門開保時捷跑車，無論大半夜還是在室內，永遠戴著雷朋墨鏡，一心想贏得賽莉亞青睞；但在奧斯卡眼中，他不過是個痴肥大呆瓜。

薇歐蕾和奧斯卡只看過他三次。第一次，薇歐蕾用鬥雞眼看他，一個字也沒說。第二次，整段晚餐時間她都盯著天花板哼歌，無視媽媽狠瞪，用腳在桌子下又踩又踢。第三次，媽媽都已經通知全社區的人幫忙尋找，她還遲了兩小時才回家。只有那一次，奧斯卡強烈懷疑她是故意的。至於他自己，從初次見到赫希萊的第一分鐘起，他就非常討厭這個傢伙劈頭就問：

「你喜歡棒球吧？嗯？小子？這是當然的，假如你是個男人，真男人，就一定會喜歡棒球。對吧？嗯？」

他們的第二次見面，更慘。那一次，賽莉亞安排大家去蒙特高梅利公園野餐。巴瑞——兩個孩子封他為「嗯嗯先生」——遲到了半小時。孩子們餓得要命，而那傢伙像是沒別的話好講，竟然一來就說：

「小毛頭們，怎麼搞的，還是胡蘿蔔色，嗯？那真的不是假髮？」

比起薇歐蕾，奧斯卡對媽媽的態度就清楚多了；他事先知會過她：絕不會有第三次，而且心意堅決。一聽見門前響起跑車轟隆隆的引擎聲，他就馬上從後門溜走，任憑賽莉亞咆哮威脅也不管，躲進古里諾家吃披薩。

回家後，餐桌已經收拾乾淨，絲毫沒有「嗯嗯先生」來過的痕跡，媽媽則故意不看他。他迅速盥洗，上床，心情有點沉重。他拿出爸爸的照片，慢慢看了好久，但照片也無能為力，彷彿連爸爸也不贊同他的態度。那天他睡得很不安穩。早上媽媽以微笑迎接他。他緊緊抱住媽媽，一句話也沒說。這就夠了，一切煙消雲散。

但是今晚，他還是不想看到不速之客嗯嗯先生貿然造訪。儘管他深愛母親，卻無論如何不可能對這個傢伙產生好感。

他輕輕跳下高架床的小梯，把房門打開一條縫。訪客的聲音他不認得，更確切地說，那是一位女客人。沒過多久，媽媽的聲音蓋過了來訪者的聲音：賽莉亞尖聲高喊了起來。

「門都沒有！聽見了嗎？門都沒有！」

「賽莉亞，我明白您的感受。」女訪客說，「但是——」

「您又怎麼能明白？」賽莉亞打斷她：「您什麼都不知道，根本不知道這十二年我是怎麼過來的。」

「我知道。」那女人平靜地回答。「我知道，我們都知道。我們也都很痛苦迷惘。我跟您的丈夫曾那麼熟識啊，賽莉亞。」

「而您卻一點都沒幫他！」賽莉亞衝動大喊：「也沒幫我們！然後，今天，您竟然來要求我……」

奧斯卡往樓梯平台跨一步，想聽得仔細些。但他的右腳絆到脫線垂下的睡褲褲襬，千鈞一髮之際，攀住了走廊置物櫃的門。櫥櫃裡的幾只花瓶被震得相互碰撞。

賽莉亞停頓下來，走出客廳，往樓梯間看了一眼。奧斯卡躲在房間跟浴室中間的角落裡，身體緊貼著牆，屏住呼吸。賽莉亞靜候了一會兒，才又回到客廳。

女訪客繼續話題。

「賽莉亞，您不該再回想過去那些事。我們，所有人，即將面對極為艱難的時刻，我們非得團結不可。」

「請您適可而止。」賽莉亞回答。「我已經獻出我生命中的男人。如果您以為我會把家裡任何人再交給您，您是在浪費時間。」

女訪客站起身。

「賽莉亞，請您三思，這不但關乎世界的未來，也關乎您的家庭。如果您認為能躲過這次緊盯著我們不放的危機，那可就錯了。」

「我早就想通了。我的答案不變。」

女訪客離開客廳。奧斯卡只瞥見一小截淺灰色的布料、一頂帽子和紅邊眼鏡。

賽莉亞打開門。

走出門時，女訪客遞給她一張名片。

「請留下我的連絡方式，再好好考慮一下，拜託您。等他恢復元氣之後，沒有人逃得掉。這或許是一年後的事，也可能下個月就發生，誰知道呢？」

賽莉亞接過名片，沒答話。

她關上門，背靠在門板上，閉上眼睛，渾身發抖。等她再睜開眼，奧斯卡早已悄悄溜回房間，屋裡恢復寧靜。

她走上階梯，猶豫了一會兒，推開兒子的房門。她光著腳，輕輕走到床邊，撫摸奧斯卡的臉，彎下腰來在他額頭上吻了一下，替他關掉床頭燈。

她後腳剛走出房間，奧斯卡連忙掀開被單，把臉貼到窗戶上，能看多遠就看多遠。但是，沒看見他想看的：奇達爾街的活動還在進行，街上那群熟人坐在小摺疊椅上觀賞，直到夜幕低垂。

他們之中沒有女士，也沒看到人戴帽子。

女士和帽子神秘地消失了。

奧斯卡驚醒過來，睜開眼睛。他嚇了一大跳，同時慶幸自己還躺在家裡的床上，而且床上只有他一個人。

想必是一場惡夢。他腦中還殘留著紅框眼鏡老太太的影像：那副眼鏡變成了手銬和一種厲害的武器，而他的父親奮力抵抗她，他奄奄一息的父親。就在這個時候，他醒來了，流了一身汗，睡衣都濕透了。

他爬下床，打開衣櫃，想換套乾淨的衣服。換好之後爬回床上，他打了個大呵欠，突然發現房門沒關好。他最怕開著房門睡覺了！於是嘆了口氣，難得一次，懶得再爬小木梯，直接從床上滑到地板，手裡仍緊緊抓著全家福相本——沒有它他就睡不著。他正要去關門，卻注意到走廊上有燈光，是從媽媽的房間透出來的。

他探出門外，走了幾步，發現媽媽的房間裡沒人，床鋪甚至還整整齊齊的。直到此時，他才注意到某種接近極微弱啜泣的聲音。他朝樓梯走去，發現聲音來自樓下。

他悄聲步下階梯，辨認聲音發出的方向往前，一直來到地下室前。媽媽總把那扇門鎖得緊緊的。想也知道，奧斯卡早就發現鑰匙藏在哪裡：當初他正打算把一本科學雜誌藏進放掃把的工具室。他曾經迅速逛了地下室一圈，不覺得有再回來的必要。

今晚，地下室的門卻是開著的，奧斯卡的心揪了一下：那聲音是賽莉亞發出來的，她在哭。

就在這個時候，他感到有一股近乎滾燙的熱流從右手傳來，就是拿著相本的那隻手。奧斯卡翻到有爸媽照片那一頁，大吃一驚，發現有些東西不一樣了：照片中的爸爸改變了姿勢，抬頭望著媽媽！這代表了什麼訊息？難道是爸要奧斯卡代替他做他做不到的事，也就是守護媽媽？或者，只是要奧斯卡立刻去找到她？也許兩者都有，但奧斯卡決定不管那麼多了，直接走下通往地下室的那幾級階梯。

很快地，他的眼睛已習慣地下室的幽暗，能避開到處亂擺的紙箱、舊桌子、過時的小玩意兒，和兩張嬰兒床。他認出自己那張。地下室裡有個彎角，他朝裡面前進，隱約看出，左邊的天花板上，有一圈黃色燈光逐漸擴大。有一只櫥櫃覆蓋布幔保護，上面已沾了灰塵；奧斯卡躲到櫃子後面，探出頭偷看。

賽莉亞跪在一只大木箱前。那只箱子被細心地藏在幾個紙箱和一大疊收納在套子裡的舊棉被後面。她撫摸著一件綠色天鵝絨長外套，輕輕哭泣；另一隻手則拿了一條奇怪的腰帶，上面掛了一串小囊袋，確切地說，總共有五個，都是皮製品，以一個金扣環封口。其中四個皮囊看起來是空的，第五個袋子則露出一個缺了一角的小罐子。

賽莉亞望著那條腰帶出神，淚水模糊了她的視線。

「維塔力，我多麼希望你在我身邊……我好想你……之前，他們完全忘了我們，現在卻又回頭來找我們。我該怎麼做才好？我實在不知所措。要是你在就好了……他年紀還這麼小，我無法想像他用這些東西的樣子……」她說著，捧起長大衣和腰帶：「還要去那些受了詛咒的世界，經歷你曾冒過的危險。」

奧斯卡把上半身再探出來一點，想看清楚箱子裡藏了什麼。就在這個時候，賽莉亞手中的腰帶自己動了起來，五個金扣環開始發亮，彷彿燒紅的炭火。

賽莉亞驚訝不已。

「維塔力？維塔力？！」

她四處張望，錯愕，卻滿懷希望。奧斯卡連忙後退，但已經來不及了，又太急了——他絆到一個木盒，跌個四腳朝天。只聽得木箱被匆忙蓋上，幾秒鐘之後，媽媽的手電筒照在他的身上。出乎他意料之外，媽媽沒罵他。奧斯卡被照得睜不開眼，看不清楚賽莉亞的表情；但隱約看得出來，她用袖子拭了拭眼角。媽媽努力擠出笑容，沒有生氣，對他說：

「你怎麼還沒睡，親愛的奧斯卡？來吧，我們現在上樓去。」

他沒問她任何事。她緊緊擁抱了他一下，也沒再多說。他登上階梯，正要踏上最後一階時，聽見媽媽喊他：

「奧斯卡。」

他默默轉過身來。

「奧斯卡，你可別再回這裡來，答應我，好嗎？這些不是你該遇到的。」

他點點頭，走完階梯。

回到床上後，手裡的相本已恢復正常溫度；而照片上，爸爸的姿勢變回原樣，直視前方。只不過，笑容黯淡了些……

最後通牒

隔天，奧斯卡好不容易才醒來。前一夜，睡著以前，他一直在回想從樓梯間偷聽到的零碎對話。

媽媽不得不把他從床上拖下來，強迫他去刷牙洗臉，換衣服，吞下一碗牛奶泡穀片。然後，他把餅乾塞在口袋裡，快跑衝出門。

等他奔進校園，很顯然地，已經遲到了。

企鵝老師嚴厲地盯著他，看他在教室最後面靠窗的位置坐下。

「藥丸！你還是來坐這裡吧！到我的講桌前面。下學期開學後，我們可以延後十分鐘上課，這樣你就能多睡一點。如果你覺得這樣比較好的話。」

全班哄堂大笑。奧斯卡滿臉通紅，盡量避免看到同學們的目光，走到第一排坐下。當然啦，摩斯笑得比誰都大聲，他那幫嘍囉則有樣學樣。奧斯卡拿出文具書本。等企鵝老師接下去講課之後，他才敢偷偷往後瞄一眼：蒂拉正盯著他看，嘴角掛著那抹曖昧的微笑：似乎帶著一絲揶揄，又藏有一分友善。奧斯卡的臉更紅了，連忙轉頭把臉藏在一頭橘紅色的衝冠怒髮裡。

上午無事度過。奧斯卡整個早上一句話也沒說，迅速趕在所有人之前完成作業。剩餘的時間，他都在思考，想著那位神秘的女訪客，以及媽媽激動的反應。奧斯卡偷聽到一件最重要的事：媽媽談到了爸爸，而因為她「已經獻出她生命中的男人」，所以預見「結果」。這表示，紅框眼鏡女士該對爸爸的死負責？假如真是這樣……奧斯卡開始討厭她了。

當然，早在很久以前，媽媽就曾告訴他，爸爸死於薇歐蕾出生一年後，就在他即將出生之前。她從未仔細說明，只提到一場嚴重的空難，後來就一直迴避，不肯詳談。對她來說也一樣，要適應沒有維塔力的日子，該有多麼艱難。她一定很思念爸爸。薇歐蕾和奧斯卡都曾看過母親暗自哭泣。也就是從那個時候開始，薇歐蕾變得古裡古怪，整天胡思亂想愛作夢，凡事遲鈍得要命。在那之後，姊姊便絕口不提爸爸的事，連對奧斯卡也不說。

男孩曾把心事坦白告訴印度香料鋪的道威薩先生。老闆回應他的話，他一輩子也不會忘記：「你知道，奧斯卡，心裡悲傷的時候，有些人哭泣，有些人沉默；而另外有些人呢，會躲進夢裡。在夢裡，日子比較美好，可以按照自己想要的方式看待人生。」從那天起，奧斯卡便不再埋怨姊姊。他認為道威薩先生說得對，每個人自有一套美化生活的方式：薇歐蕾拿周遭的一切來作夢，也有別的小孩則跟相片對話交談……

奧斯卡也不再拿問題去煩媽媽了。他漸漸了解，這麼做只會讓她難過，何況最後也得不到確切的回答。但是今天，事態不一樣。如果他能找到那位女士，就能把這些年來始終不知道答案的問題全部問個清楚。而且，有一件事很確定：對她就不必那麼客氣了，她最好乖乖回答！

放學鐘聲響起，將他從紛亂的思緒拉回現實。在他收拾簿本和鉛筆盒，放進書包時，奇達爾街上的鄰居，歐馬利家的兩兄弟，傑瑞米與巴特，快速朝他衝過來。

「嗨！奥斯卡，你要不要跟我們去食堂？」傑瑞米問。這個瘦小的棕髮男孩有一對閃閃發亮的眼睛。

社區裡最快樂最淘氣的孩子非他莫屬。他將兩側頭髮剃光，腦袋瓜頂卻留了一頭蓬亂散髮，跟他爸爸一樣。傑瑞米是純種愛爾蘭人，很小的時候就移民到美國。他隨時都有好點子，提議好玩的遊戲，或好康的生意。順帶一提，說到生意，他真是天生的生意人：從五歲開始，他就偷偷在幼稚園經營小孩交換點心組織，每一筆交易都扣下一小口，吃遍每一家的點心。

他的哥哥巴特（事實上，他應該叫做巴托羅姆斯，沿用他祖父的名字。巴特討厭這個全名，說：「聽起來太遜了！」）長他一歲。弟弟又瘦又小，他則又高又壯，身上到處是各式各樣的傷疤。他用不用功不知道，那套跌斷脖子的花式表演倒是赫赫有名；教室的布置他不熟，校園的每株樹木卻都叫得出名字；待在留校察看室的時間比在自己的房間時間還多。這一切，他絲毫不引以為意。

「反正，長大以後，我會成為專業替身演員。」面對老師們的訓斥，他千篇一律這樣回答。所以，有做不完的文法和數學練習……

起初，賽莉亞看見自家孩子跟歐馬利兄弟玩在一起，有些擔心。不過，她很快就曉得那兩兄弟本性十分善良。只要把他們的心門打開，他們就變得像小綿羊一樣乖。沒錯，他們淘氣，頑皮；但始終保持禮貌，也逗她開心。至於愛唱反調這個部分，她很清楚，自己的兒子也不比他們好到哪去……

「快，你決定好了沒？」巴特說：「我餓死了！」

奧斯卡跟他們一起去食堂吃中飯。

依三人的個性來看，他們已盡可能耐住性子排隊。奧斯卡反倒覺得鬆了一口氣：今年，摩斯從來沒在學校吃過飯。在他離開巴比倫莊園之後，總有一名司機來接他，中午過後再送他回來。奧斯卡知道，放學以後，他得和摩斯一起留校察看兩小時，對他來說，這已經很多了。還好，企鵝老師也會在場，以免衝突愈演愈烈。算他走運，奧斯卡的脾氣不是很好，而碰上摩斯這個死對頭，很容易擦槍走火。

「嘿！我們最愛的紅毛小子來了！」

奧斯卡抬起頭，認出那張圓潤的臉：廚娘麗娜正在替他盛菜。

「日安！」奧斯卡回以一個燦爛的笑容。

奧斯卡知道，碰上麗娜輪班的時候，他會得到兩份喜歡的菜，其中一份取代他討厭的菜色。麗娜幾乎熟知食堂裡所有孩子的喜惡口味，就連巴比倫學院的新生也不例外——天知道他們人數有多少！但每個人都愛死她了。這位胖太太總是笑容滿面，一對小眼睛，和被困在髮網裡的髮髻一樣，烏黑發亮。歐馬利兩兄弟把奧斯卡推到餐檯前。

「我們沒有紅頭髮，所以妳就不喜歡我們囉？麗娜？」

「當然喜歡呀！我親愛的小混混！」麗娜哈哈大笑，笑得整個人抖來抖去。「你們說，要我怎麼證明？」

「不要櫛瓜，只要薯條。」傑瑞米擠眉弄眼地撒嬌：「那些綠色的玩意兒有害健康，千真萬確！」

「這就是為什麼，」巴特附和弟弟的論調：「它們都這麼難吃！麗娜，拜託，給我超多薯條！」

麗娜和奧斯卡都笑了起來。廚娘用薯條把大個兒巴特的盤子整個淹沒。傑瑞米伸手進褲袋翻掏，拿出一個心形徽章：粉紅色的愛心上用白字寫著「sweet love」。他把徽章別在麗娜的工作服上。

「哇！這小子真會灌迷湯！」麗娜說，一面欣賞著那枚徽章。「這才叫懂得女人心嘛！好了，孩子們，快往前走，後面還有很多人等著要餵飽肚子呢！」

她俯身對他們悄聲說：

「儘管我已經服侍過最寵愛的這幾個了……」

奧斯卡跟兩個好兄弟一起離開餐檯，朝一張空桌走去，坐下時，周遭鬧哄哄的。對面那一桌，有三個女孩暗中觀察他們，吃吃笑著。其中一人是蒂拉，她假裝沒在偷看，對著其他兩個女孩咬耳朵說悄悄話。

「真是的！」傑瑞米說：「一群火雞。我們跑到養雞場裡啦？！」

奧斯卡又想笑，又覺得不好意思。儘管他不確定蒂拉是否裝模作樣，跟他玩捉迷藏，儘管他並不真的對女生感興趣，也不認為自己「戀愛了」，對那些小把戲卻並非沒有感覺。他懷疑蒂拉是不是只想要人家喜歡她，覺得她漂亮。問題是，這招真的有效：所有人都搶著找她當伴，就連女生也不例外，還有那個打腫臉充胖子的摩斯。那傢伙也一樣：如果看見他和全班最漂亮的女生在一起，那也是應該的。他四處跟大家說蒂拉愛上他了……

「那個女的真是大騷包。」巴特說，「總愛超齡表現得像成熟辣妹。」

奧斯卡不太明白那個稱呼的含意，不過沒放在心上。當他再抬起目光，蒂拉那雙鑲著金色長睫毛的大眼睛正注視著他。她立即轉開視線，似乎突然變得非常害羞。這一次，奧斯卡感到腹腔內燃起一把熱火，一直燒到臉上。他現在一定臉紅得像顆番茄，大家想不注意到也難！

幸好，他背後傳來一個聲音，轉移了兩兄弟的注意。

「我能跟你們一起坐嗎？」

奧斯卡抬起頭：原來是艾登．史賓瑟。昨天，他就是為了保護這傢伙才跟摩斯槓上的。歐馬利兄弟點點頭，挪挪餐盤，空出位置。奧斯卡則紋風不動，繼續吃飯。

「嘿！吼，奧斯卡，現在不是望著女生發呆的時候吧！」傑瑞米說。很顯然的，他可沒錯過蒂拉和奧斯卡之間的小曖昧。「艾登想坐這裡啦！」

奧斯卡聳聳肩，撇開頭。

「是喔？我並不是真的很想跟一個懦夫坐在一起。」

兩兄弟訝異地看著他，沒想到他會這麼反應。史賓瑟望向其他地方，尷尬極了。

「我……請原諒我昨天的行為……害你留校察看……」

「最好千萬別替我辯護，也別把真相告訴企鵝老師！謝了！早知道，我應該讓你自己解決，看著你被打斷鼻梁！不，史賓瑟，我不原諒你，我不想跟你一起用中餐！」

奧斯卡端起自己的餐盤，走到另一張桌前坐下。他的朋友們根本來不及拉住他。史賓瑟則匆匆溜到餐廳的另一端。

奧斯卡連薯條都還剩下一大堆。他的確很氣史賓瑟，不過，總而言之，他也不太想再跟傑瑞米和巴特繼續用餐：那兩個傢伙很快就會開始拿蒂拉的事開他的玩笑。其實，他跟那個女孩根本沒什麼，跟史賓瑟也一樣。他唯一想做的，就是趕快回教室上課，過完那兩小時留校察看時間，然後回家。看樣子，今天絕對不會過得很順利……

上課鈴又響起，他終於鬆了一口氣。

下午的幾堂課過得好慢，這一整天都是。而當其他孩子都站起來趕著出教室時，奧斯卡只能留在原位。史賓瑟不敢看他，連忙離開。歐馬利兄弟消失之前對他輕輕揮了揮手，擠擠眼。

等所有人都離開後，奧斯卡回頭張望：羅南．摩斯也還在，坐在他後兩排，帶著嘲諷的好笑瞪著他。奧斯卡頓時感到血脈賁張。幸好，教室裡還有其他人：生物老師走了之後，企鵝老師就來了。老師站在黑板前，面對他們。

「好，現在來試試看吧：用需要動腦筋的東西，讓你們鬥個你死我活。你們有兩個小時的時間，好好思考以下這個主題，並把成果寫下來：『為什麼使用暴力？該如何對抗暴力？』分數列入計算，會顯示在學年成績單上。」

奧斯卡皺起眉頭：他最討厭寫作文了！他喜歡數學，就連文法都好，總之偏好可以背誦或理解的科目，而作文實在不是他的強項。沒輒了，跟摩斯一起留校察看，還要寫一篇作文，沒有比這更倒楣的事了。

「我留下來陪你們。」老師特地強調：「我時間很多，剛好可以改卷子。先警告你們，你們的一舉一動我都看在眼裡！」

奧斯卡在紙上抄下題目，試圖忘記身後那個人。這不是件容易的事：他感覺得到有一道目光，彷彿一根手指，重重地戳在他背上。他並不想承認，但企鵝老師沒看錯他的個性：為什麼摩斯挑釁的目光總能激起他的鬥志？

奧斯卡努力稍微集中精神思考這個句子。為什麼使用暴力？他腦海中極度雜亂地湧現一些畫面。不一會兒，他周遭的一切彷彿都消失了。他閉上眼睛，看見他居住的街道，他的家，母親的床，單人枕頭，床的另外半邊整潔如新；父親的照片，成天胡思亂想活在夢中的薇歐蕾。更多的影像，一幅接著一幅，宛如一部電影。

他覺得這趟「腦內旅行」只不過持續了三分鐘，但老師的聲音嚇了他一跳：

「你們還有五分鐘的時間收尾。」

奧斯卡慌張失措，回頭偷瞄摩斯的作業紙：他的死對頭洋洋灑灑地寫了不止一頁，而他自己的紙張還跟兩小時前一樣空白！他抬起頭：企鵝老師站在他身邊，盯著他的白紙看。老師眉頭深鎖，踱步走開。

奧斯卡捏著紙緣，絞轉著筆，什麼也寫不出來，字句似乎都困在他的腦子裡。他彷彿聽見時間一秒一秒地流失：那是他的心跳。快啊！在企鵝老師收卷之前，總得擠出點什麼塗在紙上才行。一方面趕時間，另一方面，思緒仍被那些畫面佔據，奧斯卡根本來不及思考，僅能按照心裡的感受回答那兩個問題。字句不受大腦控制，隨筆尖流洩。

「行了。」企鵝先生擦著眼鏡鏡片，宣布：「你們可以回家了。把卷子留在桌上，我離開時會收走。」

奧斯卡把卷子翻到背面，遮掩剛才草草寫下的兩行句子，以免受摩斯奚落。他站起身，一刻也不遲疑，沒對老師多望一眼，僅用幾乎聽不見的聲音，囁嚅說了幾個字，算是向他告退，便匆匆往門口走，跑著離開。

都已經走到中庭了，卻聽見摩斯在背後喊他。

「怎麼啦？藥丸？你怕我，對不對？」

奧斯卡大口深呼吸，繼續朝校門走。不要衝動，不要理他。

摩斯加快腳步跟上他。

「你寧可在老師面前賣乖？」

奧斯卡握緊拳頭，總算控制住，沒去理他。他記起前一天和媽媽的談話。他承諾要盡最大的努力，避免闖禍。

「正常。」摩斯繼續說：「對一個膽小鬼來說，這很正常。」

奧斯卡當場釘住腳步。這一次，太過分了。他轉過身。摩斯微笑起來，得意自己的傑作。

「我沒聽懂。」奧斯卡說：「再說一次好嗎？」

「你當然懂。你只不過是個膽小鬼。」摩斯又說了一次。「你老爸也是，他也是個膽小鬼，開飛機的時候手忙腳亂，所以才會墜機……也難怪他的兒子膽小如鼠，不敢打架。」

奧斯卡再也忍不住。他把書包往地上一扔，準備跳到摩斯身上，卻被一個聲音喝止。

「藥丸！摩斯！你們還在這裡做什麼？」

兩人抬頭，看見企鵝先生從教室窗邊瞪著他們。

「摩斯，給我馬上回家！藥丸，不准再動。」

摩斯聳聳肩。

「膽小鬼！」離開之前，他再度撂下這句話。

奧斯卡看著他坐進一輛等在校門口的車。直到摩斯從他的視線中消失，他緊繃的神經才得以稍微鬆懈。他回頭朝教室張望。窗戶後方，隱約仍看得見老師嚴厲的身影。他撿起書包，越過學校鐵門。摩斯批評父親的話語還在耳邊迴響，他不由得喉頭發緊。

「你不喜歡你同學對你所說的話，不是嗎？奧斯卡？」

這個聲音，奧斯卡有生以來只聽過一次，但那一次就夠了，他立即辨認出來，猛然轉身。

那把蕾絲雨傘，那頂綴了一朵花的小帽子，尤其是，尤其是那副與她的年齡一點也不相稱的眼鏡，不可思議的紅色圓眼鏡：昨夜造訪他家的那位老太太站在他面前。

學校前，栗子樹蔭下，人行道上人來人往，奧斯卡眼中卻已看不見其他人。她也一樣，睜著一雙閃亮的小眼睛注視著他。不知道為什麼，奧斯卡對她生出一股信任。不過，很快地，他想起老太太和賽莉亞之間的對談，也記得自己最後想出的辦法：找到她，把以往無法問媽媽的問題全部問她，弄清楚爸爸究竟遭遇了什麼事。

魏特斯夫人認真地打量他。這個十二歲男孩與她昔日熟識的維塔力．藥丸太神似了，她從未忘記那張英俊的臉龐。而最重要的是，從孩子的眼神中，她再度看到維塔力那股活力與真誠。她感動極了，但很快地，也察覺到男孩的情緒愈來愈緊繃。

她不給他時間反應。

「你不喜歡那個男孩對你父親的批評，你是對的。」老太太重複強調了一次：「你父親並不是個膽小鬼。」

奧斯卡瞬間將憤怒拋到九霄雲外。

「您……您認識他？」

「是的。」魏特斯夫人溫柔地說：「我跟他很熟。我們曾經一起工作。他是一位很優秀且非常勇敢的男性。想必，你也是。」

奧斯卡突然意識到自己在跟一個陌生女人說話，而且她正在告訴他一些奇怪的事。他不要聽她說，現在應該把握時間對她發問。

「你們一起做什麼？」奧斯卡開始對她保持戒心，提出質問。

他無法想像這位老太太曾經當過空姐……

魏特斯夫人沒有立即回答。依賽莉亞的反應來看，她早該想到，這孩子從未聽說過醫族的事，更不曉得自己的父親曾擁有多麼強大的力量。她必須謹慎行事，慢慢將話題拉上正軌。

「就某種方面而言，你父親算是一位醫生。」

「錯，」奧斯卡打斷她：「我媽媽說他是飛行員。」

「那是他的正式職業，但是，除此之外，他也擁有治療的能力。利用一種……特別的方法。」

「您在撒謊！」奧斯卡火冒三丈：「昨天，我聽見媽媽說，我爸爸是被您害死的！」

魏特斯夫人沒有反駁。顯然，凡事都棘手，總之，對付媽媽跟對付兒子一樣麻煩。不過，一個是年紀輕輕就守寡的少婦，另一個更可憐，是出生前就失去父親的十二歲少年，他們會有這樣的反應也是正常的。

「關於你父親和你的過去，你還有許多事情要學，奧斯卡。你要知道，我很愛他。他是一個不尋常的男人，你也是，即使你自己還不曉得。」

奧斯卡本能地後退了幾步。現在，老太太似乎變得有點瘋癲。但魏特斯夫人並不打算就此罷休。

「你一定已經發現，自己擁有某種……能力。我敢打賭。沒錯吧？」

奧斯卡不肯回答。所以，這件事，原來跟爸爸有關？那並不是偶然？

就在這個時候，老太太把手搭放在他身上。他的左手臂上產生一種奇妙的感覺，跟先前他用手撫過脖子上的傷口以及薇歐蕾的傷口時很類似。像是皮膚下有一股電流，一種很冰冷的輕顫，但完全無形，看不見。

不知道究竟是怎麼一回事，所以他竟害怕起來：這可不像他的作風。如果這個老太婆說的是真的，那麼，他將有機會發掘自身與家族的秘密。他曾經那樣渴望這個時刻，而現在，機會近在眼前，他卻畏懼不已。

他掙脫老太太的手，繼續往後退。

「我……我不知道您是什麼人，我得回家了。媽媽在等我，時間已經晚了。」

奧斯卡很想快跑離開，但他的身體卻拒絕照辦。或者應該說，反而是理智命令他留下，不要錯失自動奉上門的良機。

魏特斯夫人微笑。

「相信我是對的：奧斯卡，你擁有你父親的能力。這是無比幸運的好事，應該好好把握。你已經夠大了，可以運用這份力量了。」

「您好大的膽子！」

從他們背後傳來的聲音有如獅吼，兩人都嚇了一跳。

賽莉亞來到學校門口接被留校察看的兒子，卻看見他正在跟一個女人說話。那個女人，她可沒忘記——怎麼忘得掉呢？魏特斯夫人來訪之後，她整夜失眠。於是她連忙下車，跑上前關切。

她衝到兩人中間，憤怒欲狂。

「誰准您到校門口來騷擾我兒子？我想，昨天晚上我表示得夠清楚了；而今天，我的態度不變：如果您再接近我的孩子們和我家一步，我就上法院提告！不只告您一個，還要告垮你們全部那一幫人！」賽莉亞的眼睛幾乎要噴出火來，補上一句：「聽懂了嗎？」

魏特斯夫人斂起笑容。不過，她始終保持鎮靜，用平穩的聲調說：

「我想，是您沒聽懂我的意思，親愛的賽莉亞——」

「我才不是您『親愛的賽莉亞』！別來煩我！還有，我禁止您跟我兒子說話！！」

「無論您是否願意，」老婦人似乎絲毫不為所動：「我現在要把事態解釋給您聽，而且您不得不聽。」

她轉身面向奧斯卡。男孩眼前的老婆婆彷彿突然變了一個人似的，不再溫柔隨和。現在，魏特斯夫人顯得高大挺直，臉上的表情也嚴肅許多，儘管其中並沒有任何惡意。

「奧斯卡，你能讓我們單獨相處幾分鐘嗎？你媽媽和我有些話必須私下說。」

少年不甘願地走遠幾步，眼睛卻緊盯著兩人不放；畢竟，他也有點擔心媽媽。

老太太用力抓住賽莉亞的手臂，將她拉到一旁。

「喂！……放開我！」賽莉亞嚷了起來，卻沒辦法扳開老婦人的手指，那女人的力氣大得驚人。「您先是強迫我兒子聽妳胡說八道，現在又來逼我，到底想做什麼？！」

「我想做什麼？我想保護您，保護您的兒子，原來您還不懂？」

她放開少婦。賽莉亞沒說話，逕自揉著手臂。魏特斯夫人繼續說：

「說完這一次，我不會再提了，也不會再來冒昧打擾您，但請您停止用鴕鳥心態逃避，仔細聽我說。我知道悲劇發生時，您經歷過什麼樣的感受，也明白對您和孩子而言，後來這些年的日子過得很不容易。但現在，必須暫時忘掉這一切，面對現實。他們的魔君自由了，您知道這表示什麼嗎？他將找回以前那些狐群狗黨，恢復勢力；未來勢必有一場激烈的戰鬥。各種恐怖的疾病將蔓延開來，全世界都受到嚴重威脅。在這種時候，您可以堅持重提往事，繼續對我們記恨。您甚至可以決定當個自私的人，只關心自己。不過，您也躲不掉，也一樣受到威脅啊！」

「但是，我不是醫族，我的孩子們也不是。我們什麼也幫不了！我的丈夫已經為你們奮戰過，並犧牲了生命，所以，現在，請你們自己上陣！總要輪到你們！」

「我們從未停止戰鬥。而且，您忘了一件事：當然，病族的黑魔君的確想掌控世界，但他腦子裡很可能還有另一項計畫……」

賽莉亞不敢多問，焦慮地等她說完。

「他想復仇，賽莉亞。報復那個把他踩在地上，害他坐了十三年牢的人：也就是您的丈夫。」

「但我的丈夫已經去世了，您跟我一樣心知肚明！」

她朝奧斯卡看了一眼，他站得還算遠，應該聽不見她們談話。不過魏特斯夫人還是壓低了嗓音：

「所以啦，按照黑魔君的想法，他一定要給所有想反抗他的人一個教訓，告訴人們，從此以後，跟他作對，絕對沒有好下場。他將攻擊活下來的人：也就是你們，賽莉亞。您和您的孩子們，當然。即使您的女兒跟您一樣，不是醫族，也難以倖免。」

「不！」賽莉亞絕望大喊。「您說這些只是為了恐嚇我，只是想說服我！我不相信！」

周圍經過的人都嚇了一跳，紛紛回頭看。魏特斯夫人把她拉到路樹後面。

「您以為我會為此洋洋得意嗎？這是事實。正如我剛才所說的，他想報仇；但他同時擔心維塔力・藥丸的兒子在這幾年內練成與父親相同的功力。在除掉這個心腹大患以前，他難得安寧。或許我猜測有誤，黑魔君並沒有這樣的盤算，但你們不能心存萬分之一的僥倖。」

賽莉亞雙手捧著頭，不知道該如何思考，怎麼做才好。她想忘了這一切，把那段痛苦的過往一筆勾銷，將醫族和病族的故事從記憶中抹除；但辛苦全白費了：那一切，不由分說，捲土重來。

魏特斯夫人釘下最後一槌：

「您可以拒絕面對現實，繼續認為我是那場悲劇的罪魁禍首，但是您這麼做，等於把自己一家人置於凶險之中。沒有人會來保護你們，或許，除了我以外。就看您怎麼選擇。」

賽莉亞感到淚珠沿著臉頰滑落。

「我……我不想送他去冒險。我好擔心他，您能了解嗎？」

這一次，老婦人伸出安慰的手，輕輕搭在賽莉亞的肩膀上。

「我當然了解。但如果您完全置身事外，不但無法保護奧斯卡，反而是將他曝露在危險之下。」

賽莉亞突然抬起頭，擦乾臉上的淚水。奧斯卡已經慢慢走到她們身後，擔心地觀察媽媽。

「沒事，親愛的，一點也沒事。只是稍微激動了些。」她說，試著擠出笑容。「魏特斯夫人跟我說了些令人悲傷的事。」

奧斯卡也一樣，試著微笑。他想到母親和老婆婆都曾說：他跟父親一樣勇敢。他必須展現出同等氣魄，才不枉她們這番比喻。

「那個危險……是什麼？」

賽莉亞一時無法言語。她向魏特斯夫人投以一個哀求的眼神。老婆婆對奧斯卡微笑。

「這裡不是說話的好地方。」她一面說，一面環顧四周：「不過，既然一定得說……何況，時間緊迫……」

她先靜下來沉吟了一會兒，整理思緒。奧斯卡的耳中已聽不見街上的聲響，無論是路人，緊急煞車或加速前進的汽車。他試圖撫平往各處凌亂飛散的捲髮。

「十三年前，有個男人想統治世界，全體人類因而飽受危險威脅。為了達成這個目的，男人和他的同黨，也就是病族，進入人體之內，引發醫生束手無策的疾病，摧毀人類生命。只有一個人成功阻止了病族大魔王的登基之路，奧斯卡，那就是你的父親。」

「我父親的死是那個壞人造成的？」

「乖乖聽著就好。」魏特斯夫人斥喝他。

他按捺煩躁的情緒，閉上嘴巴。老太太繼續說：

「你父親是一名醫族。只有醫族才能跟病族一樣進入軀體，與他們交鋒，對抗他們所散布的恐怖疾病。這是『正常人』做不到的事。」

奧斯卡張大眼睛，豎起耳朵：這個小老太婆所說的故事，他實在難以相信。進入軀體？一大堆問題已熱滾滾地湧到嘴邊，但他覺得還是別說話，乖乖聽下去較好。

「黑魔君被打入了地牢，囚禁在一個隱密的地方。不幸的是，他剛剛逃脫了。」

魏特斯夫人停下來，讓奧斯卡把這一大串不可思議的訊息消化一下。父親的手下敗將如今逍遙法外；一想到這件事，他的心中就充滿惶恐。現在，他隱約懂得魏特斯夫人提到他家族遭受危險威脅是什麼意思了。

賽莉亞走到兒子身邊，摟住他。有生以來第一次，他推開了她：他不能再當個天真的小男孩了，必須好好聽清楚這個女人要告訴他的事。

魏特斯夫人暗暗微笑，繼續往下說。

「儘管人數所剩不多，但全世界的醫族都必須準備加入戰鬥，因為這個男人想佔領世界。你懂嗎？」

奧斯卡不敢確定自己全懂，但有些事情變得比較清楚了。如果他真的那麼像父親，或許，也擁有相同的能力……

「黑魔君不一定會衝著你來，孩子，但你必須要能抵抗，並且，加入我們一起作戰。」

這一次，奧斯卡實在忍不住了，問道：

「您相信我是……」

「……一名醫族，沒錯，奧斯卡。我相信。」魏特斯夫人進一步證實。「總之，你擁有醫族所有的特徵和敏銳的感受力。醫族把手放在表皮傷口上，就能輕易使它癒合。若要治療內部的疾病，當然，就不僅一隻手放在身上那麼簡單：必須學會進入體內以及身體裡的五個宇宙。另外還有很多令人目眩神迷的事。」

老太太深深吸了一口氣。

「現在，跟你父親曾經歷過的一樣，輪到你來學習了。沒有人能阻止你，」她望了賽莉亞一眼，「但也沒有人能強迫你。奧斯卡，由你自己來選擇，來弄清楚你自己想做什麼，還有，想成為什麼樣的人。」

奧斯卡看看老太太，又看看母親。他完全不知道該怎麼辦。他才十二歲，不久前才因為不懂思考出糗，現在卻被要求做出一個更不可思議的抉擇。而且，關於父親，還有許多重點魏特斯夫人都沒說明。老夫人不願咄咄逼人：

「你不必現在就回答我。但是，如果你願意成為醫族的一員──你絕對有醫族的血統，那麼，你就需要耐心、勇氣和力量。這些事我不擔心，我知道你一定做得到。」

賽莉亞一直默默聽魏特斯夫人的言論，此時，她決定插話：

「接受了您的提議之後，奧斯卡會怎麼樣？」

「整個夏天，他將在庫密德斯會度過。那是醫族大長老的住所。當然，這是最高機密。」

聽見庫密德斯會這個名稱，賽莉亞打了個冷顫。

「住在……溫斯頓．布拉佛家？奧斯卡？但是……這怎麼可能？而且為什麼要這麼安排？」

「因為，那裡什麼都有，是最佳學習環境，也最隱密。」魏特斯夫人簡短回答，不多談細節。

奧斯卡在腦子裡複誦著剛剛聽到的名字：溫斯頓．布拉佛，醫族大長老。他有一種奇異的感受，覺得這個名字聽起來很熟悉，彷彿從小到大一直有人對他提起。

「那地方在哪裡？」奧斯卡問。

「時候到了，你就會知道。」魏特斯夫人斬釘截鐵地說。「明天是這學期最後一個上課日，對吧？星期六早上，我會去你們家，到時你要給我答案。如果你決定跟我去庫密德斯會，就順便把行李準備好。」

「行李？」賽莉亞嚷起來：「等一下，您進展得未免也太快了！為什麼要準備他的行李？奧斯卡可以白天去那裡學習，晚上回家來睡啊！」

「無論白天或晚上，奧斯卡都必須在那裡學習，這一點您應該知道。」魏特斯夫人一臉神秘。「最後再說一次：不，我進行得一點也不快，事態真的非常緊急。」

她轉身對奧斯卡說：

「星期六，奧斯卡。星期六早上，九點，我會到奇達爾街來，你把答案告訴我。」

奧斯卡目送老太太快步離去，消失在街角。忽然間，他覺得世界彷彿只剩他一個人，必須一個人去面對剛剛才得知的所有事情，以及一個艱難的決定。賽莉亞握住他的手，他立即覺得好過些了。

「回家吧！我的奧斯卡。」

他們朝車身凹凸不平的綠色Twingo走去，這款車在這裡很少見。小車是賽莉亞一位移民來美國的遠房法國姑媽留給她的唯一遺物。她知道賽莉亞沒有金山銀山，當初堅持要送給她。賽莉亞用原車主的名字，把小車取名為冬妮特。薇歐蕾把車子裝點成時下流行的風格，或者說，剛好是她的風格：從踏腳墊到儀表板貼滿五顏六色的貼紙，噴滿亮片，連置物箱裡都有，而且，幾乎到處都綁上螢光色緞帶和發亮燈串。冬妮特外表看起來寒酸，但坐進車裡，會有一種置身聖誕樹裡的錯覺，當然，並不是真正的樹。賽莉亞和奧斯卡都覺得很讚，薇歐蕾高興得快成仙了，媽媽費了好大一番勁兒，才阻止她睡在車裡過夜。

奧斯卡坐進後座，關上車門，打開窗戶。在此同時，他看見原先停在校門口的一輛黑色加長型轎車也發動駛離。儘管那輛車的車窗裝了黑玻璃，他仍認出後座上那個人稜角尖刻的側臉。車窗搖下，奧斯卡對上摩斯冰冷的目光。摩斯的表情已不是嘲諷，而是兇惡，彷彿正在策畫一場奸計。那是敵對的眼神。

幸好，只剩一天就放假了。接下來，整個夏天，奧斯卡都不會再見到他。

不過，在那之前，奧斯卡必須做出決定。這個決定所改變的將不僅是暑假的作息，必然也將改變他的一生。

球在他手上。

抉擇

隔天早晨，在奇達爾街6897號的廚房裡，只有薇歐蕾一個人元氣十足。她哼著歌，手肘撐在木桌上，翹起麥稈椅搖啊搖。

奧斯卡坐在她對面，手裡拿著一片麵包，浸在冷掉的可可裡，緩緩攪動，怎麼樣也吃不下一點東西。賽莉亞則神經質地在廚房裡走來走去，從冰箱到爐台，從爐台到餐桌，又從餐桌跑去櫥櫃，就這樣沒完沒了。生平第一次，她打電話去公司，說她不舒服，今早無法去上班。

她和兒子的黑眼圈都擴散到臉頰上了。兩人昨晚誰也沒睡好。很顯然地，魏特斯夫人昨天所說的一切令他們輾轉反側，但母子之間仍尚未討論這個話題。賽莉亞不想讓孩子過於慌亂：他年紀還太小，要吞下父親的驚人往事及自己的身分真相，還要做出一個如此重大的決定，實在太為難他了。賽莉亞決定等到他上學回來再說。他們可以先用午餐，然後才跟他提這件事，心平氣和的，只有兩人面對面。

麵包終於在碗底融化成吸滿可可奶的碎屑。奧斯卡放棄吃早餐，站起身去拿書包。屋外陽光普照，看來會是個美麗的夏日。他覺得內心十分焦躁，一片灰暗。

薇歐蕾蝴蝶似地飛回房間，奇蹟地穿了同一雙球鞋下樓——手裡還拿了一把黃色圓點的雨傘，但這件小事不值得一提。

「薇歐蕾，妳胳臂下夾著什麼？」媽媽問。為了在玄關已貼滿數不清照片的牆上找一塊地方，再加一張孩子的新照片，她忙得焦頭爛額。

「這個嗎？」女孩揚起一個黑膠背袋。「沒什麼，只是一些優格空罐，要給蜂鳥的。」她的弟弟和媽媽睜大了眼。毫無疑問，薇歐蕾總有辦法再叫他們吃驚。

「我在書上讀到，都市裡的蜂鳥常常找不到東西築巢。」薇歐蕾解釋，「所以，回家的時候，我要把這些空罐放在路旁的樹上。」

「在巴比倫莊園的路樹上放優格空罐給蜂鳥，」媽媽把她所說的重複一次，愣愣出神。「好啊，當然好，親愛的。好吧，把空罐都帶走；沒時間囉嗦了，你們快遲到了。中午，假如老師對妳還有疑問，我會替妳找到一個合理的解釋。」

「管他遲到不遲到，」奧斯卡低聲嘟噥：「反正是最後一天了。」

賽莉亞把他們推出去，鎖上門。

「快，快點，往前挪！今天早上，冬妮特可跑不到時速兩百公里，哦，改天也不會。」

開往學校途中，他們一路靜默。薇歐蕾一心數著空罐子，奧斯卡陷入沉思。快到學校了，他的喉頭愈來愈緊。他很後悔，從昨天到今天，都把問題藏在心裡，沒跟媽媽討論。而最重要的是，魏特斯夫人的提議讓他害怕。

事實上，在心底最深處，奧斯卡知道自己為何焦慮：他擔心失敗。爸爸會怎麼看他？如果無法達到變成醫族的標準，他要怎麼保護自己？怎麼去保護不是醫族的媽媽和姊姊？

「快點，孩子們，快下車去！」

他驀然抬起頭：剛剛沒注意時間，連已經到了校門口都不知道。薇歐蕾已經開始跑了；輪到他下車時，他忽然回頭，惶恐地看著母親：

「媽媽，我不想去。」

「什麼？今天是最後半天課耶！」

「庫密德斯會，我不想去，媽媽……我才不是醫族，我很確定！我比較想在家過暑假，跟妳和薇歐蕾一起。」

賽莉亞對他微笑。兒子的話似乎讓她鬆了一口氣。

「我親愛的寶貝，如果你不想去，就不要去，不管那位老太太說什麼，好嗎？你就不要去。別再為這件事煩惱了。」

奧斯卡覺得從昨天就壓得他喘不過氣的大石頭終於被卸下了。他也一樣，勉強擠出一個微笑，回報給媽媽，關上車門。冬妮特吱呀一聲，賽莉亞發車駛離。

奧斯卡朝操場看了一眼。企鵝老師正帶著班上同學一起走進教室。今天是最後一天上課，奧斯卡告訴自己：或許該試著準時一次，於是快步跑起來。

來到教室前，他東碰西撞地鑽進隊伍，還推擠了老師一下。企鵝先生差一點沒站穩，總算沒跌倒，引來全班大笑。奧斯卡臉紅得像甜椒。

「嘿，藥丸！」老師把臉上歪斜到一邊的方形眼鏡重新調整好。「原來要等到快放假才能看到你用跑的進教室！」

奧斯卡非常尷尬，同時又超想大笑。

「抱歉，老師，我……我只是想……」奧斯卡結結巴巴地，沒辦法把句子說完。

「嘴巴閉上，進教室去。」老師下令，「你們其他人也一樣！」他對全班大聲說。

大家鬧哄哄地坐下。孩子們感到這學期的課程快結束了，一個個都坐不住。只有奧斯卡試著盡可能不引人注目。傑瑞米．歐馬利的位子在他旁邊，不斷轉頭東張西望，奧斯卡的耳朵都被他的高談闊論灌爆了。

「太棒了！」傑瑞米大喊：「再過四個小時就放假了！放假就會想到各種需求！有各種需求就會想到……怎麼，你看不出來嗎？哦！你真令我失望！好吧，聽著，有各種需求，就會想到『傑瑞米雜貨市集！』」

好友連珠炮似地說個不停，總算引起奧斯卡的興趣。

「傑瑞米雜貨市集？這又是什麼玩意兒？」

「什麼？你還沒聽說過？」傑瑞米低聲問。「你到底是住在哪裡啊？老兄？傑瑞米雜貨市集是巴比倫莊園絕不可錯過的新店家，整個暑假，每天上午從九點開到十二點，地點在我爸媽的車庫，奇達爾街上。你需要水桶嗎？配備完善狀態良好的腳踏車？漁夫帽？太陽眼鏡？來找我就對了，我什麼都有。」

「什麼都有？」奧斯卡問，覺得有趣。

「什麼都有！」傑瑞米肯定地再說一次，仍是那副自信滿滿的模樣。「電玩遊戲，自己動手做的玩意兒，DVD，CD，空白片也有，甚至還有幾台MP3！對了，我得記得把外殼上的咖啡漬刮掉。」小愛爾蘭男孩坦承瑕疵，「不過，一台MP3才賣五塊美金，即使是展示品，也很划算，不是嗎？糖果餅乾就不用說了：道威薩太太把包裝有點毀損的貨打折賣給我，歐法努達奇斯太太把前晚剩下的全部送我！半鮮貨直送，每天都有！」

企鵝老師拿了把長尺敲敲桌面，讓大家安靜下來，然後在一排排座位間穿梭。教室最後面，摩斯和他那幫狐群狗黨交頭接耳，並不時朝奧斯卡瞄一眼。

「事實上，」傑瑞米悄聲說：「我正在找人幫忙看店，你有興趣嗎？」

「不，不是真的很有興趣，謝謝。」奧斯卡低聲回答。

「酬勞很高喔！價碼可以再談啦，我想找能信賴的人——」

「你可以信賴我啊，歐馬利。」企鵝老師打斷他，「如果你繼續在班上進行交易，你這學期的最後一天就別想在中午放學。我今天下午還有時間可以監管一節留校察看。聽懂了嗎？」

歐馬利家的小弟應聲閉嘴。比起留在學校，他真的有太多其他有意義的事可做了。等一下，從兩點鐘開始，該到社區去派發宣傳單，佛西街印刷廠老闆唐尼先生幫他印的，代價是替老闆送貨……而那些工作，傑瑞米已經讓哥哥去完成了：他先前特地去路邊撿回一輛破腳踏車，修理好，給哥哥騎去送貨……

老師打開一個牛皮紙袋，從裡面抽出一張紙，分別放在奧斯卡和摩斯的桌上：那是他們昨天寫的作文，已經打上了分數。奧斯卡想起他在交出去的卷子上寫了什麼，寧願晚一點再看肯定很慘的分數和企鵝老師的評語。他不想成為全班同學的笑柄。他正打算把試卷收進書包，但傑瑞米的手腳比他快。

「哇！」傑瑞米大叫起來：「A⁺耶！嘿！」他搶過試卷，說：「從企鵝手上得到作文A⁺，這可不是天天遇得到的喔！」

傑瑞米說完連忙伸手摀住嘴，抬頭望向企鵝老師。

「啊！」他不好意思地笑笑：「我的意思是，從最棒的企鵝老師手上。」

奧斯卡撲向他，想把他手中的試卷搶回來。傑瑞米閃開好友，把拿著卷子那隻手臂伸得長長的，大聲唸出內容：

為什麼使用暴力？
暴力，因為話語無用。
如何抵抗暴力？
與其使用暴力，不如偶爾作夢。

傑瑞米閉上了嘴，被自己所唸出的內容所驚愕，而全班的反應跟他一樣。沒有人想發笑，也沒有人想笑奧斯卡，其實正好相反。連企鵝老師本人也忘了要責罵歐馬利小弟。

奧斯卡不知道該往哪裡鑽，只能把卷子搶回來，塞進書包裡。做這動作時，他剛好來得及讀企鵝老師的評語：「幾句話比長篇大論更有價值。為你喝采，奧斯卡。繼續作夢吧！有一天，你會找到可用的文字，即使你以為它們沒有用。」

當然，要打破沉默，還得靠傑瑞米。

「哇塞！這是你寫的？太讚了！」他一臉崇拜，大聲嚷嚷：「你知道嗎？你跟我，我們真的可以合作一檔生意耶！我們可以把這些句子印在T恤或棒球帽上，然後賣到高級區的每一間學校！一定能大撈一筆！」

全班哄堂大笑。摩斯吼得比誰都大聲：

「爛透了！那個紅毛鬼，他以為他是誰啊？大作家嗎？」

「閉嘴，羅南。」蒂拉說。她的目光只聚焦在奧斯卡身上：「我覺得這非常帥。」

奧斯卡裝作沒聽見，只瞄了一眼，就很確定摩斯嫉妒得要命。

摩斯正想回話，但傑瑞米的身手快如閃電，已經搶走他的卷子，拿在手裡揮舞。摩斯根本來不及反應。

「嘿，摩斯，我沒看錯的話，你得到的是D吧？你啊，至少，可以很確定地說，你不是個天才！」

全班又一陣大笑，比先前笑得更厲害，儘管摩斯怒目而視，惡狠狠地瞪著大家。今天是最後一天上課，所有人都趁機報復，反正明天不會被欺負。就連害羞的艾登．史賓瑟都敢咧嘴呵呵笑。

企鵝老師覺得好笑，卻板著一張臉，露出生氣的表情，以恢復班上秩序。情緒最亢奮的學生也不得不閉嘴：萬一害全班受罰就糟了。於是，接下來，整個上午過得還算平靜，儘管沒人真的在聽老師講什麼。學期最後這一天，要說有什麼值得記住的事，那就是奧斯卡的作文了，雖然只有兩句話。男生們把關於暴力的第一句刻進腦子裡；女孩們則牢牢抓緊作夢那一句，藉此擺脫暴力。

奧斯卡時不時就回頭瞄一下：摩斯和他那幫人應該會想盡辦法報復吧！鐵定如此。但到最後，他的想法也和別人一樣：反正，開學之前，他不會再遇見摩斯。

「我不知道耶！」傑瑞米悄聲說：「不過我覺得，這個暑假，摩斯不會常常來傑瑞米雜貨市集……再說，注意啦：像他這樣的客人，我也不喜歡！新暴發戶不愛掏腰包，最可惡了！」

中午一到，放學鐘響，全班歡樂的情緒隨之炸開。

所有孩子一致跳起，簡直像裝了彈簧似的。書包，紙張，鉛筆墨水筆滿天飛，企鵝老師也控制不了這樣的風暴。趁著這陣混亂，蒂拉在座位間穿梭，鑽到奧斯卡面前立定。雖然，奧斯卡很清楚，某種程度而言，她算是摩斯幫的人；但他不得不承認：這時，自己的心跳得比平常快一些。他低頭專心整理書包。蒂拉不死心。

「你這個暑假要做什麼？奧斯卡？」金髮正妹問。

奧斯卡不知道該怎麼回答。從今天早上，他關上冬妮特車門，跟媽媽說再見之後，就幾乎忘了魏特斯夫人和醫族的存在，更別說老太太先前的提議。蒂拉的問話使他陷入尚且新鮮的回憶，並忽然意識到：其實他根本沒做任何決定。雖然幾個小時之前，媽媽向他保證，沒有人能強迫他去庫密德斯會度過暑假……這一次，他之所以結巴說不出話，倒並不完全是蒂拉的原因。

「這……這個暑假？嗯，呃……」

「妳覺得他能去哪裡？他只能待在巴比倫莊園的破房子裡，當然啦，還要找社區裡的同伴壯膽，就怕在路上遇見我。」

摩斯高大的身影出現在女孩後方。他轉過來面向她，補上一句：

「妳願意的話，可以來我家，現在，我們家有了一座游泳池。」

蒂拉猶豫著，眼角偷偷注意著奧斯卡的反應。

「說不定喔！」她說，「再看吧！好了，掰掰，奧斯卡。」

「掰。」他說，目送兩人離去。

歐馬利兄弟彷彿變魔術似地憑空冒出來。哥哥巴特瞧著摩斯，不禁咬牙切齒：

「說不定我們可以叫他也邀請我們，這樣，就能在他家的游泳池把他給淹死……」

傑瑞米冷笑起來。

「『現在，我們家有了一座游泳池』……他故意拿這個來跟我們嗆聲，要是在去年，他可就不敢這麼說了！你還記得摩斯一家在搬到藍園之前住在哪裡嗎？佛恩街後面的一座廢墟，那是巴比倫莊園最破的角落！呸！那棟破屋子拆掉了；屋子裡面，就連我都找不到能賣錢的東西。」

他故作神秘地微笑。

「大家都很好奇，這一年內，他家那麼多錢是從哪來的……或許，我該建議摩斯把我介紹給他爸爸當合夥人？」

「何必麻煩，你比他厲害多了。」奧斯卡搭話，表示同意。

社區裡，大家多少都很訝異：摩斯家怎麼突然發財，能在高級區買下一棟房子。不過，大家也都知道，羅南的爸爸，魯夫斯．摩斯，身上揹了不少官司。「我可不想知道他的錢是從哪來的！」歐馬利先生曾喃喃地說。奧斯卡從沒想過這個問題。他跟媽媽和姊姊一樣，絲毫不在意別人的荷包。

「今年暑假，你會留在巴比倫莊園嗎？」傑瑞米問他。

看樣子，他怎麼樣也迴避不了這個問題。

「我還不知道。說不定我們會去外婆家住一個星期……你們呢？」他搶著反問，好讓人家忘記他的謊言。

「我們啊，我們會留在家裡。」傑瑞米才剛來就馬上接話：「我們有事要做，對吧？巴特？我剛才的提議永遠有效，如果你想加入我們做市集買賣，或者有什麼好主意……」

「謝了。」奧斯卡心不在焉地說。

「後會有期囉！社區裡見！」

兩兄弟往前跑開，加入一群歡樂的學生，一起為假期來臨開心狂喊。離他們稍遠一點的地方，奧斯卡看見艾登．史賓瑟沿著圍牆走出學校。他走路的方式很奇怪，似乎非常僵硬。走著走著，他絆到一階樓梯，整個人跌倒；T恤掀了起來，露出一種硬殼，包圍住他整個胸膛，像被一塊超大石膏纏住身體。歐馬利兄弟連忙跑去幫他。史賓瑟站起來，趕緊拉好T恤。稍遠處，摩斯和他的狐群狗黨的嘲笑如利箭射來。

「喂！機器戰警，小心點，別把盔甲跌碎了！」

巴特已經準備衝上去找他們。至少，他跟摩斯一樣強壯，也是少數摩斯不敢刻意招惹的對象。

傑瑞米拉住哥哥。

「算了，巴特。史賓瑟，你還好嗎？」

史賓瑟點點頭，滿臉通紅，一句話也沒說，能走多快就走多快，盡速離開。

孩子們一哄而散，奧斯卡也走出了校門。

他在巴比倫莊園徘徊，沒打算直接回家。他經過希臘餐廳鄉村沙拉，老闆娘歐法努達奇斯太太熱情地請他吃小肉丸。由於他一顆也沒吞，老闆娘擔心起來：

「你怎麼啦？我的奧斯卡？你竟然不愛吃鄉村沙拉的小肉丸，一定是哪裡有問題……」

她彎下腰，湊在他的耳朵邊悄聲說：

「家裡是不是有你不想見到的人？」

所有人都知道，那個蠢蛋巴瑞，也就是嗯嗯先生，在賽莉亞身旁糾纏了好幾個月。奧斯卡決定乾脆撒謊。

「對啊，也有點是這樣……不過，現在我得走了。謝謝您的小肉丸，歐法努達奇斯太太，丸子一直都是這麼好吃，只是我剛好不餓。」

「那麼，你明天再回來吃吧！」

奧斯卡連忙閃人，又在丁先生的洗衣店逗留了一下。這位中國小矮子有個好處：他什麼都猜得到，話卻很少，總面帶微笑。奧斯卡最愛坐在乾淨的衣物堆裡，聞著香香的氣味，安心閱讀他的科學雜誌。確定媽媽不會跑到這麼詭異的地方來找他。

不知不覺，兩個小時就這麼過去了；他決定還是回家，以免媽媽擔心。丁先生跟他揮揮手，什麼也沒問。奧斯卡走出店，走入巴比倫莊園的街巷。

才剛到奇達爾街口，奧斯卡就聽見傑瑞米大聲呼喊最新宣傳口號：「快來傑瑞米雜貨市集，這裡可以活上一輩子！」要不然就是：「快來傑瑞米雜貨市集，所有東西好便宜！」於是，他寧可避開這位社區的新老闆，繞路走鮮少人知的小巷子。

幾分鐘後，他已經來到後院。確認四下看不見任何髮捲或肥碩的鄰居太太之後，他才躡手躡腳地越過羽翼太太家的後花園。只有侏儒貴賓犬佩姬看見他走在完美的草坪上，嚇得尖叫一聲逃走。奧斯卡鑽進扁柏樹籬，抵達看起來一點也不像花園的藥丸家後院，然後從後門進家裡。

冬妮特不在車庫裡，媽媽還沒到家。他爬上樓，把自己關在房間裡。

現在，他再也無法躲避那個關鍵問題，不得不捫心自問。他即將做出的決定與爸爸直接相關，而生平第一次，他拒絕向照片尋求答案。他必須自己來，不靠任何人。

他看了看周遭的事物：他的直排輪，飛盤，爺爺奶奶在聖誕節送他的電動玩具，他的海報……此時此刻，沒有一樣引發他的興趣，就連剛剛在丁先生的店裡讀的科學月刊，他一點內容也沒記住。他在房裡一個角落蹲坐下來，用腳推開足球。他胡亂想著藥丸爺爺和藥丸奶奶。他的活寶祖父母是一對嬉皮，成天環遊世界，他只看過照片沒見過本人！但他們常來信，也常寄禮物來。

所有他放在心上的人們一個個浮現，但他必須做出重大抉擇。

怎麼辦才好？他害怕去庫密德斯會，魏特斯夫人讓他心生畏懼，儘管感覺上她是一個可以信任的人……而且關於爸爸的死，還有那麼多未解的神秘謎團！但同時他卻又被那一切吸引，並想念早已不在人世的父親，幻想他可能就在天堂或其他地方。而他在那裡，若知道兒子要繼續他未完成的路，一定非常驕傲。

核心問題再次浮現：假如他失敗了呢？假如他沒辦法成為眾所期望的醫族怎麼辦？

奧斯卡注視自己的雙手，感受到皮膚下那股電流，僅一瞬間，隨即消失。怎麼辦？明天，魏特斯夫人就要來了，他必須給她一個答案。

於是，他站起身，打開房間的門，走下樓梯。

賽莉亞進屋時，原以為家裡沒人。她看看手錶，皺起眉頭：都晚上六點了，就算已經開始放假，孩子們總也該回家來了才像話。等他們一回來，她就會把規矩講清楚，以免暑假無法無天歡樂過了頭。

整個下午，她都神經緊繃，容易動怒，結果根本沒聽周遭的人在說什麼。到了離開辦公室前一個小時，她甚至沒去理會上司的騷擾。那個討厭的葛德霍夫先生，感覺得到她心情不爽，反而特別喜歡在這種時候用一切手段找她麻煩。只剩五分鐘就下班了，她實在忍不住，開始收拾包包，按下答錄機。很顯然地，法朗克・葛德霍夫算準了時機，就在這時走出辦公室：

「您還要再請半天假嗎？」

「半天？」賽莉亞嚷起來：「現在是四點五十五分耶！照理說，我再過五分鐘就可以下班了。」

「我不管這麼多。」葛德霍夫低沉斥喝。他挺著一百五十九公分的身高，人都被埋在過大的西裝裡快看不見了，抬頭瞪她：「如果妳提早離開，我就扣掉妳半天假。」

他朝她逼近，從一口黃牙的牙縫中擠出這句威脅。賽莉亞垂下眼簾，極力盡快忘記那張猥瑣瘦臉，永遠泛著油光，跟頂上的頭髮一樣。

「拿去！」他丟了一大捆寫滿密密麻麻蠅頭小字的文件在賽莉亞的辦公桌上。

封面外皮上隱約看得見一圈咖啡杯印痕。

「我明天早上就要用，當然。」老闆特意補上一句，不懷好意地奸笑。

「當然。」賽莉亞重複他的話，雖然其實心裡很想去死。

她一言不發，拿起文件默默打字，半個小時打完，而葛德霍夫五點一到就走了。出辦公室後，她連忙衝向小車，冬妮特在公司停車場似乎都等得不耐煩了。小Twingo生平第一次得使出全力：整段路上，賽莉亞幾乎把油門踩爛，能開多快就開多快。她想早點回家，跟奧斯卡獨處一段時間，卻被搞砸了！

她想起兒子今天早上的反應：媽媽，我不想去。無論如何，奧斯卡這句話讓她欣慰釋懷。但是，在她心底，一種良心不安的感受啃食著她。維塔力生前以身為醫族為榮，更為對抗惡勢力感到驕傲。總之，如果奧斯卡命中註定該走這條路，而她卻剝奪了他的前途，她會良心不安。

走進家門時，她注意到一個小細節。那可不是個不起眼的小細節，相反地，情況非常嚴重：通往地下室的門竟然敞開著！

她手上的皮包滑落地上，她急忙朝地下室門口走去。

她走下階梯，逐漸辨認出一道金色光線，便順著這輝煌的金光前行。這屋子的地下室裡擺放了許多紙箱和一堆堆數不清的物品，她任由光線指引，在其間穿梭。

當她來到大木箱前，箱子已被打開。她深呼吸一口氣，閉上眼睛。再睜開眼時，奧斯卡已轉過身來，正注視著她。

她幾乎認不出自己的兒子，看起來似乎比較高大，挺拔，強壯。或許，甚至也老了些，或者，該說成熟了些。初見那一瞬間，她以為看見了丈夫。

她目光往下，停在奧斯卡的手上：在他手裡，那條腰帶閃耀千萬道光芒，在空中展開，宛若一條長蛇昂首波動。獸皮澄黃如金，被男孩一觸碰，五個囊袋立即現形。

賽莉亞朝兒子走去。

「戰績腰帶有一個特色，親愛的奧斯卡：必定由父傳子。而最特別的是，」她心中五味雜陳，激動不已：「它會認主人：當初它是為了誰而打造，誰就應該戴上它。」

奧斯卡的心跳得好快，得意洋洋地凝視手中的腰帶。

「我想，它在你父親手裡時未曾如此閃亮。」賽莉亞又說。

腰帶波動得更加厲害，奧斯卡抓不住，鬆手滑脫。他想在它落地之前接住，但根本沒有必要：它似乎漂浮了一會兒，繞著奧斯卡打轉，然後自動圈上他的腰。

奧斯卡覺得體內似乎燃起一把熊熊烈火，彷彿被一股無窮的力量從頭到腳貫穿；一時之間，他無法呼吸。

好不容易，空氣終於進入胸腔，他連忙深呼吸。他轉過頭去看那只木箱，伸出手，撫摸那件綠天鵝絨披風。

賽莉亞走到他身邊，攤開披風，含著淚，把它圍在兒子的肩膀上。那條腰帶比任何人都有說服力。

「我的孩子，」她說，「我的孩子，是一個醫族。」

奧斯卡抬起眼睛，凝望母親；終於不可自抑，那些話語脫口而出：

「媽媽，我要去布拉佛先生那裡。我要去庫密德斯會。已經決定好了。」

「我知道。」她說，非常小聲。「我為你的決定感到驕傲，親愛的奧斯卡。」

從孩子的眼中，她讀到了另一項期待。於是，她將奧斯卡擁入懷中，補上一句：「是的，他也一定為你驕傲，非常驕傲。」

母親抬起頭，取下兒子身上的披風。戰績腰帶似乎懂得奧斯卡的心意：它自動解開，緩緩落在媽媽攤開的布巾上。

賽莉亞蓋上木箱。

「現在，年輕人，」她試著擠出笑容：「該上桌吃飯，然後上床睡覺囉！明天可要早起。」

庫密德斯會

奧斯卡站在玄關。在他面前，魏特斯夫人直視他，帶著那歷久不衰的招牌笑容，讓人覺得她腦袋裡總想著什麼有趣的主意。

他望望四周，牆上的照片和圖片就要與他別離了。他的心抽痛了一下。賽莉亞察覺兒子的愁緒及惶恐，於是牽起他的手。他轉頭面對媽媽，勇敢地擠出一個微笑。

魏特斯夫人似乎毫不在意，再次問了那個問題：

「你準備好要走了嗎？奧斯卡？」

男孩鬆開媽媽的手，清楚地回答：

「是的，我準備好了。」

「那麼，就請傑利來搬行李。」老太太說，很高興聽到奧斯卡的回應。

一個又矮又胖的男人像被施了魔法般地突然出現在玄關。他站在魏特斯夫人後面，留在門口，似乎一直在等信號指示現身。一套黑衣繃緊他的大肚腩，配上一條天鵝絨綠領帶。奧斯卡看了一眼他那只到處是補釘的行李箱。賽莉亞把箱子塞得滿滿的，彷彿兒子要去世界盡頭。裡面什麼都有：T恤、短褲、球鞋，還有厚毛衣，就連手套和雪地專用靴也塞了進去，沒多加細想。她必須確定，無論發生什麼事，到下個週末之前，兒子絕對衣食無缺。奧斯卡知道，箱子最底下還有父親的披風，跟傑利的領帶顏色一模一樣。

傑利很快地鞠了個躬，並對他們展現歡喜的笑容，蓄著大鬍子的紅潤臉孔上露出潔白閃亮的大牙，眼裡閃著狡黠的光芒。儘管他身材矮小，行李到了他手上竟彷彿輕如羽毛；他扛起箱子，消失在門後。

魏特斯夫人轉身面對賽莉亞。

「我們該走了。」她說：「對奧斯卡來說，今天會是漫長的一天。」

奧斯卡本已準備跟老太太走，卻突然轉身跑回房裡，三步併作兩步地爬上樓梯，留下兩位女士錯愕不已。

他來到一扇門前，沒先敲門，逕自推門走進去。

奧斯卡朝床鋪走了幾步。薇歐蕾坐在床上，背靠著牆，抱著膝蓋，臉上仍戴著潛水鏡，嘴裡咬著潛水吸管，手裡捧著一本書。奧斯卡希望她睡覺的時候至少有把面罩拿下來。她嘴裡哼著歌，似乎沒注意到弟弟在房間裡。他從她手裡拿走書，轉了個方向。

「妳拿反了，薇歐蕾。」

薇歐蕾沒回答，反而唱得更大聲。

奧斯卡嘆了口氣，在她身邊坐下。姊姊的紅髮辮子搔得他鼻頭發癢。他拉起辮子，把套在她耳朵上的面罩鬆緊帶移開。

「我不會留在那裡太久。」他說。「每個週末我都會回來，等暑假過完，就結束了。明年，我就跟妳和媽媽去海邊。」

女孩停止歌唱，把書放在膝蓋上。她瞇起眼睛，透過起了霧的潛水鏡看弟弟。

「我喜歡反著讀。」薇歐蕾說，努力不哭出來。「這樣可以讀到另一個故事。」

她沉默了一會兒，又說：

「你什麼時候回來？」

奧斯卡聳聳肩。

「很快。」他簡短地說。「下星期六吧！」

薇歐蕾對他露出燦爛的笑容，埋頭繼續閱讀。他不想看到她難過，也對她微笑，然後跳下床。薇歐蕾已經再度沉浸在自己的故事裡。

奧斯卡走出房間，帶上門，下樓去。

媽媽迎向他，把他擁入懷中。

「假如你改變主意，假如你在那裡過得不好，就馬上回家來。我會每天打電話給你，不管人家怎麼說。」她故意提高聲調，讓魏特斯夫人聽見：「要不然，我會親自去找你。你聽懂了嗎？假如有個什麼萬一，我會去把你接回來。」

「還是得把話說清楚：我又不是要帶奧斯卡去坐牢。」老太太回應。「而且，你可以每天跟媽媽通電話。當然，跟姊姊也可以。」魏特斯夫人又補上一句，並朝樓上望了一眼，彷彿已猜到薇歐蕾很悲傷。

她看看手錶。

「好了，現在，該說的都說了，大家也都放心了，真的該出發前往藍園大道了。」

奧斯卡走出家門，不再回頭：他怕看見媽媽的臉會改變心意。人行道前，有一輛裝了黑玻璃的加長型黑色轎車等著他。傑利從車裡下來，繞到車子另一側，替他拉開車門：

「請上車，奧斯卡少爺。」

奧斯卡頓時愣住，轉頭看魏特斯夫人，不太知道該怎麼辦。

「我想，若你願意上車，我們就可以比較快到達。」她對他說，覺得他的模樣很有趣。

奧斯卡進入後座，魏特斯夫人則坐在他身邊。傑利關上車門。奧斯卡朝窗外瞄了一眼：賽莉亞已經背過身去；他看著她關上家門。這一次，一切底定，他真的朝庫密德斯會出發了。

車子默默地開了幾分鐘。

奧斯卡環顧四周，再次認出車內的顏色：座椅上套著綠色皮套，車門把、扶手和方向盤的車縫，都跟傑利領帶上的名字縮寫一樣，鑲著金線。司機傑利坐在一個超大的椅墊上，才能超出儀表板的高度一點點。他從後照鏡裡給奧斯卡一個微笑，奧斯卡立即覺得自在多了。

男孩認出印在座椅頭墊背後和變速桿上的字母圖案：一個用圓圈圈起來的大寫M字。不難想像那代表什麼。他感到莫名驕傲，告訴自己與有榮焉：他也是，是一名醫族。

「我們要去什麼地方？」他首度主動發問。

「你曉得藍園社區嗎？」魏特斯夫人問。

奧斯卡從來沒去過，但他知道歡樂谷最有錢的人都住在那一區，特別是從羅南・摩斯的口中聽說過。那傢伙已搬出巴比倫莊園，經常嘲笑還住在那裡的人。蒂拉常去他家，去過之後，就跟姊妹淘們描述她所看到的一切：一間大豪宅，一座游泳池，一片像公園那麼大的花園！摩斯的房間跟他爸媽的起居室一樣寬敞……當她開始細數摩斯所擁有的東西時，奧斯卡和他的朋友們紛紛翻白眼，走得遠遠的。

「那女人，」傑瑞米總這麼說：「很明顯，她其實不是那麼感興趣……依你們看，她愛上的是摩斯家的泳池還是他家的車？」

現在，在奧斯卡的腦海裡，摩斯那張嘴臉被蒂拉的面孔取代了。他也要，也想住在藍園！而且，說不定布拉佛先生的房子比摩斯家還大呢！

魏特斯夫人的聲音忽然嚇了他一跳。

「奧斯卡，我剛問了你一個問題。」她嚴肅地說：「我希望，人家跟你說明事情的時候，你能專心一點……」

「抱歉……」奧斯卡結結巴巴地說：「不，不，我，我……我從來沒來過藍園。離我家很遠嗎？」他不太放心地問。

「不會，別擔心。」

接下來的整趟車程中，奧斯卡都沒再開口。最後是傑利打破了沉默。

「夫人，我該在哪裡讓您們二位下車？」

「我們必須非常低調，避人耳目，你知道的，傑利。」

「我可以請人打開柵欄大門，直接把車開到迎賓樓梯。」

「不，這樣人家可能還是會看見我們下車和走進庫密德斯會。不如載我們沿著藍園走，到亭子附近。」她和司機很有默契地彼此交換了個眼神。「然後，奧斯卡的行李就麻煩你了，謝謝。」

「好的，沒問題，魏特斯夫人。」

車子沿著人行道緩緩減速，約一百公尺之後，靠邊停在一座市立公園的斜坡旁。傑利走出禮車外，勘查四周環境：沒人。他打開後門，始終保持警覺。

魏特斯夫人以驚人的敏捷身手下了車，伸手去拉奧斯卡。

「動作快，奧斯卡，被人發現就不好了。庫密德斯會附近總有很多雙眼睛虎視眈眈。」

奧斯卡連忙跳出車外；魏特斯夫人帶他離開，隱入枝葉濃密的樹叢。

他轉頭四處張望，茫然不懂。

「可是，我以為……」

「……我們要去庫密德斯會，對，沒錯，我的確是這麼說的。耐心點，奧斯卡，拿出點耐心！」

她在林間穿梭前行，小心不讓人從公園小徑發現；奧斯卡則緊跟在後，亦步亦趨。

她對路徑很熟悉，似乎閉著眼睛也會走，輕巧閃過所有障礙，而奧斯卡則一路跌撞。只不過幾分鐘的工夫，他身上沾滿了落葉、樹皮和小細枝，並在一片繁茂的草木中間停下：四下只有他獨自一人，嚮導不見了。

他驚惶失措，原地打轉。

「魏特……」

還來不及喊出她的名字，一隻手就從灌木叢中伸出，抓住他的手臂，用力把他拉了進去。

「一個字也別說！」老太太悄聲命令。「絕對不能引起別人注意。」

奧斯卡點點頭。

他們位於樹林間的一個小凹洞，別人從外面看不見。灌木叢濃密高大，替他們遮去日光；透過枝葉，奧斯卡好不容易才辨認出：公園中央，有座音樂涼亭。

魏特斯夫人不讓他閃神，把他拉到一棵巨大樹幹對面。她解開脖子上的絲巾，掏出一枚章飾。奧斯卡立即想起車內到處可見的標記：一個圓圈裡的M字。

老太太把項鍊墜舉到樹前，樹幹上出現一個一模一樣的標記，閃閃發亮。她把右手放在大寫字母上，低聲唸誦：

在我醫族面前，你要自動開啟，
並在黑暗的土地下指引我方向。

她等候了一會兒，沒出現任何動靜。

「我真笨！」她終於發現：「通行樹感應到了：我們有兩個人。奧斯卡，拿著這個墜子，照著我剛剛做的做一遍。」

奧斯卡睜大眼望著她，不知所措。

「通行樹？照……照著您剛剛做的？可是——」

「別囉哩叭嗦的！」魏特斯夫人打斷他的話：「把原字母放在大樹前面。」這一次，字母也像照鏡子似地顯現在樹幹上。奧斯卡按照老太太方式依樣畫葫蘆：把手放在粗糙不平的樹皮上。

「右手，奧斯卡，用右手！」

奧斯卡連忙改正姿勢。

「現在，跟著我唸：」

在我醫族面前，你要自動開啟，
並在黑暗的土地下指引我方向。

奧斯卡遵照指示，一改以往的習性，不多廢話；他覺得恍如置身一場清醒的夢境。

「……並在黑暗的土地下指引我方向。」

才剛唸完咒語，樹幹上顯出一個長方形，凹陷嵌入並往上滑移，露出一個成人高的開口。洞裡面一片漆黑，奧斯卡什麼也看不見。

魏特斯夫人對他微微一笑。

「除非有醫族大長老的指令，否則，通行樹只讓醫族通過，親愛的奧斯卡。而這十幾年來，這棵最年長的樹從未看走眼。從未。」

奧斯卡感到心跳加速。他抬眼凝望那巨大的樹幹，非常驕傲自己被辨識出來。魏特斯夫人也沒看走眼，他的確是醫族，跟爸爸一樣。

「我們走吧！」老太太說：「等到被人撞見就糟了！」

兩人一起跨入空心樹幹，木板門如斷頭台的斬刀一般應聲落下，他們陷入一個完全黑暗的世界。

魏特斯夫人硬拉他往前走了一步。一團微光照亮他們的頭頂與腳下：是兩個M字圈環各自散發出金色光輝。奧斯卡這才明白他們位於一個藏在樹幹裡的電梯內。幾秒鐘之後，電梯開始移動，他們向下深入藍園地底。

當一切都停止，奧斯卡無法知道他們下降了一公尺還是已經抵達地心。電梯的一個面板自動消失，讓他們走出去。魏特斯夫人伸長手臂，拿著項鍊墜子，把它當成燈籠使用。墜子散發出的光芒足以照亮他們方圓兩公尺。奧斯卡睜大眼睛，搔亂他一頭蓬鬆捲髮——每當他感到緊張或處於特別離奇的狀態，就會出現這些怪癖。而這一次，還真是一個這樣的狀況。他看不清楚附近是否有牆面，卻隱約感到他們似乎來到了一個隧道口。

老太太舉起項鍊墜子，開口宏亮清晰，共鳴迴盪：

「讓原字母照亮我們，領我們去我們的心念所想的地方！」

就在這個時候，他們面前亮起幾個和魏特斯夫人一樣的鍊墜，但尺寸較大。這些墜子飄浮在空中，照出一條路，為濕冷的氣氛添加些許溫暖。

紅眼鏡老太太鑽入照亮的隧道，奧斯卡緊跟在後。但他很快感到領頭的魏特斯夫人和他的距離拉大了：她已經消失在前面很遠的地方，而M字照明也逐漸黯淡。奧斯卡再度被黑暗包圍，不禁又慌亂起來。他大聲呼喊：

「魏特斯夫人！等等我！」

終於看見了！她手中始終舉著項鍊墜子，微弱的光輝照出她朦朧的身形。奧斯卡想追趕上她，拔腿往前衝；卻在半路重重撞上了什麼，整個人往後彈倒。他頭昏眼花，花了一段時間才重新站起來，伸出雙手探摸，小心翼翼地往前走。他剛剛竟全力撞上一面隱形的牆。魏特斯夫人出現在牆的另一面，看起來稍微有點變形，連聲音聽起來也很飄渺遙遠。

「奧斯卡，我剛剛唸出的咒語，你聽見了嗎？」

奧斯卡沒有立即回答。他把手放在額頭上，那裡已經腫了一個包……魏特斯夫人不等他反應。

「你知道醫族怎麼稱呼這條隧道嗎？心念掃描器。」

「為什麼叫這個名字？」奧斯卡問，一面繼續在將他們分隔開來的牆面上搜尋出口。

「因為它能讀你的心：只有在你真的渴望並具備勇氣前往它所通往之處時，才可能取道通過。否則，焦慮之牆就會出現在你面前：透明，無法穿越；而且，在你視線所及，光線全部消失。然而，你看，在我這一側，光還亮著。所以，奧斯卡，現在你捫心自問：你很清楚，這條隧道通往庫密德斯會；你是否真心且深切地渴望到那裡去？」

奧斯卡知道她是對的：他的確滿懷恐懼，而且，在他心底，並非真的那麼渴望去醫族大長老的住所。他抬眼望向魏特斯夫人。她僅對他微微笑，聳聳肩。於是他集中心念。我沒有什麼好怕的。他對自己說。不，我不害怕。我是醫族，跟爸爸一樣。他在看我，為我驕傲。

焦慮之牆無法抵擋這股信念，瞬間化為一陣煙，消散在空中。男孩重獲自由。在他正前方，遠遠地，M字再度散發光芒。

「很好。」魏特斯夫人頗為滿意。「這下子，我們真的能去了。動作快，若傑利已經把你的行李送到，而隧道口卻不見我們的人影，彭思會擔心的！」

兩人立即加快腳步。奧斯卡跑在魏特斯夫人前面；老太太跟在後面拔腿狂奔，絲毫沒有疲累的跡象。隧道蜿蜒了好長一段路，來到一個地方，一分為二。

奧斯卡停下來，遲疑了一下。

一邊的隧道亮著光，確定可以直達庫密德斯會；另一邊開口狹小，隱約可見一條陰暗的羊腸小道。想當然，他的好奇心與自作主張立即發作：奧斯卡鑽入第二條隧道，沒去理會魏特斯夫人在後方幾公尺喊他，逕自往黑暗前進。一個巨大的紅色M字忽然憑空出現，不停旋轉，擋住他的去路。奧斯卡正想一鼓作氣衝過去，卻被魏特斯夫人一把拉住。

「傻孩子，千萬別試圖走這條隧道，更別想穿越血字母！連一根手指都還沒過去，保證你就已經被雷劈中了！」

奧斯卡連忙退後，注視那個暗藏危機的字母。這條隧道通往哪裡呢？為什麼要特地加以保護？他回頭望望老太太，很快就猜出她的表情：現在不是問問題的時候。

他折返回原地，跟在她後面走進第一條隧道，沿途有光輝柔和的M字照路。他往那條神秘的小徑看了最後一眼：他們愈走愈遠，那條路逐漸沒入漆黑之中。

走了三十公尺左右，魏特斯夫人和奧斯卡在一扇石門前停下來。門緊緊關閉。

老太太往前一步，將項鍊墜子舉向前方，誦唸：

你將認出醫族純正的靈魂
守護隧道盡頭請開門。

這一次，不等魏特斯夫人開口，奧斯卡直接清楚複誦，門板應聲轉動，露出一座雕像。基座上立著一名男性，身材中等，穿著現代服飾，右手斜在胸前，掌心裡握著一樣東西。魏特斯夫人攀上基座，將自己的右手覆蓋在雕像的右手上，奧斯卡迫不及待地依樣畫葫蘆。他眨眨眼；那股熟悉的電流傳到他的手掌，醫族的M字竟出現在他的手背上。雕像用左臂環住他們兩人，基座旋轉，陰暗的隧道被強烈的光線取代。

雕像鬆開懷抱之後，奧斯卡立即跳下基座，魏特斯夫人也跟著做，動作幾乎和他一樣敏捷。她拍拍褶裙和薄背心上的灰塵，對雕像微笑。

「謝謝你，親愛的西吉斯蒙，你的懷抱永遠這麼令人著迷。」

雕像微微欠身，回到原來的姿勢，佇立在石底座上。

「奧斯卡，歡迎來到庫密德斯會，溫斯頓・布拉佛的住所。他是一位優秀的法庭律師……」老太太特別說明：「也是醫族大長老。後面這個角色，他也扮演得十分傑出，只是隱密許多……」

奧斯卡目瞪口呆地東張西望。

他在一棟房子的玄關裡。那樣的大房子，他從來沒見過：比他們奇達爾街的房子加整座花園還要大得多！他抬起頭：天花板高挑向上，彷彿沒有盡頭；最頂端是一座玻璃光罩，讓夏天美麗的日光透進來。玄關深處有兩座樓梯圍著一道木門盤繞，兩扇門扉緊掩。

他走了幾步，籃球鞋在黑白相間的大理石地磚上發出吱嘎聲。

魏特斯夫人的聲音把他從凝思中拉出來。

「奧斯卡，我來介紹：這是彭思。彭思負責管理庫密德斯會，以及……很多其他的事務，你以後會慢慢發現。」

奧斯卡抬起眼睛看身邊這位高大男子。他先前被房子迷得眼花撩亂，完全沒注意彭思一動也不動地站在眼前。管家很瘦，雙頰凹陷，皮膚蠟黃，頂著一圈灰褐色的頭髮。奧斯卡猜不出他的年紀，但他看起來比媽媽老得多，幾乎跟魏特斯夫人一樣老。彭思的眼皮微微閉上，奧斯卡懷疑他是否站著睡覺，還是像電視裡的動物頻道裡報導的那樣，閉眼假寐，其實暗中監視著獵物。

彭思點點頭，繼續瞇著雙眼觀看奧斯卡。他的態度馬上讓男孩渾身不自在。現在，他很確定：管家根本沒睡，只是從頭到腳打量著他。

「日安，奧斯卡少爺。」彭思終於開口，語調緩慢又沉悶：「歡迎來到庫密德斯會。」不知道為什麼，奧斯卡卻覺得正好相反：他並非真的受到歡迎。沒關係：他來這裡是為了發掘自己的醫族能力，並跟魏特斯夫人和布拉佛先生做更進一步的學習。

「您的行李已經送到房間了。我可以帶您過去。」

這聽起來比較像一則命令。而命令可不是奧斯卡喜歡的事情。他轉身看魏特斯夫人，眼神中帶著詢問。

「我得走了。」老太太回答。她非常了解男孩的表情是什麼意思。「我有些緊急的事要處理。午餐過後再來找你。彭思會照顧你的，對吧？彭思？」

彭思的回答顯然是他平常的模式：微微點頭，一句話也不說。

魏特斯夫人把自己的包包拎在手上，對奧斯卡揮揮手，急忙離開。

奧斯卡被留下來，獨自面對彭思；感覺起來，這間豪宅的玄關大廳顯得更大了。為了展現得比較有自信，他挺起胸膛，不等管家提議：

「您可以告訴我房間在哪裡嗎？麻煩您。」

彭思默默朝左方的樓梯走去，奧斯卡跟在他後面。

階梯上鋪了松綠色的天鵝絨地毯，每一階中央都印有相同的金圈字母：大寫的M。兩座樓梯在中間樓層交會；樓梯間裡靠牆擺了一張狹窄的桌子，桌上的花瓶裡插滿鮮花。上方的牆面上掛了一幅很大的畫，描述古代戰爭的場景。過了這層樓之後，樓梯再度分開，沿著牆壁纏繞，往二樓的兩道走廊攀升。

他們走進右側的走廊。入口處有一塊小牌子，奧斯卡只來得及解讀刻在上面的字：賽蕾妮亞．羽翼。木牌上方，牆上的凹室裡擺放著一尊純白半身雕像，是一名美麗的年輕女子。他很想詢問彭思這位名叫賽蕾妮亞的女子是誰，但找不出時間。領路的管家大步向前，他在後面跟得很辛苦，接連絆了好幾下。

他們經過五扇緊閉的門，彭思終於打開第六扇——位於最底的最後一間；走廊在此往左拐，想必通往另一條走廊。這扇門上又有一面名牌：阿爾弗瑞德．鮑登。奧斯卡暗暗下定決心：等他有空，有機會，一定要調查所有這些陌生人物的來歷。

他們進入一間非常明亮的大房間。左側靠牆的角落擺了一張美麗的床鋪，有著厚厚的床墊，緊靠著一座厚實的衣櫥。房裡共有兩扇窗，對面的角落裡，一扇窗下，一張亮漆木桌和一張單人扶手座椅，等著迎接奧斯卡的書籍和文具。靠門的地方還有幾座空空的大書櫃，頂端碰到天花板。奧斯卡認出自己的行李箱，就擺在床邊。

「這是您的房間。」彭思說明。「需要幫您拿出行李嗎？」

「不必了，謝謝！」奧斯卡連忙回答。「我自己來就行了。」

他不希望任何人看見母親在行李箱裡放了什麼，尤其是維塔力．藥丸的披風和戰績腰帶。

「好的。」彭思說：「那我先告退了。」

他看看手錶，又說：

「十二點整，」他加重語氣強調「整」字，「在餐廳恭候您的大駕。」

「餐廳？在哪裡？」

「樓下。」管家回答。「就在客廳旁邊。我會帶您過去。」彭思走出門時補上一句。

奧斯卡等管家走遠了之後，連忙跑到門邊，壓下把手試試看，擔憂才總算消失。有那麼一會兒，他以為彭思會把他反鎖在房間內。現在，他轉過身，觀察這個大房間，走到一扇窗邊。

屋外，庫密德斯會的花園一片遼闊，望不到邊際，看起來幾乎和魏特斯夫人為抵達隧道而帶他走過的藍園一樣大。他衝到行李箱旁，急忙打開：還好，媽媽沒忘記把他的足球放進來。此時，賽莉亞的臉龐浮現在他腦海：他已經開始想媽媽了。他抱緊足球，趕走腦子裡的想法。媽媽對他說過，魏特斯夫人也是：他不是被關進監獄，隨時可以回家，不必等到週末。而另一方面，花園裡有這樣一片廣大的草地，可以盡情盤球，還有一座豪華大宅可以探索——他打算盡早開始冒險——；比起他已經熟得不能再熟的社區，這裡具備了所有條件，保證暑假過得充實有趣，尤其能滿足他的好奇心。他把足球夾在胳臂下，決定出去玩一玩，到午餐時間再回來。

他打開門，在走廊上跑了起來。沒跑多遠，不過幾公尺而已，奧斯卡就絆了一下，整個人趴倒在地。他轉過身：幾秒鐘之前還服貼平坦的地毯突然隆起一塊，而摺痕竟又在他驚愕的目光下緩緩消失。

「您沒摔痛吧？」

奧斯卡抬起頭。他認出彭思那慢條斯理的語氣。管家動也不動地看著他，連抬起小指頭幫忙的意思也沒有。他站起身。

「沒，一點也不痛。」他揉著膝蓋說。

「最好別在走廊上奔跑，別的地方也一樣。」彭思冷冷地說：「布拉佛不喜歡有人亂跑。」

「地毯也不喜歡。」奧斯卡說，狠狠地朝害他跌倒的元兇瞪了一眼。

「的確。」管家證實。「地毯的職責就在提醒賓客遵守庫密德斯會的規矩。敢問您打算去哪裡呢？或許我能幫上忙。」彭思問他，眼睛看著已經滾到樓梯下的足球。

「去花園。」奧斯卡回答。「我可以去，對吧？我想我並不是來到了一座監獄。」他的語氣很衝，帶著挑釁。

彭思打量他，暗自訝異。

「當然不是。」管家淡淡地回答。「您隨時可以出去，去您想去的地方。我甚至現在就能帶您去。」

奧斯卡跟著他走。

他們下樓，穿過玄關大廳，經過一道門，這道門特地用兩組金屬拴鍊固定在基座上。

兩人走進一座大廚房，一名廚娘在這裡忙東忙西團團轉。她瞥見男孩，大方地對他露出微笑。

「日安！」她愉悅地打招呼。「您就是奧斯卡少爺？我叫雪莉，是布拉佛先生的廚師。相信您已經認識我的丈夫，就是今天早上載您來這裡的司機，傑利。」

奧斯卡默默點頭，沒說話。他完全想不到傑利竟會娶一個比自己高大一倍的老婆。雪莉活像一支倒過來的掃把：瘦得像根竹竿，身穿一件長圍裙，跟頭髮一樣，枯黃如稻草！她不停眨眼睛，水龍頭一般嘩啦嘩啦說個不停。奧斯卡憋笑憋得好辛苦。雪莉的話匣子一開就停不下來。

「傑利一看見您就喜歡，奧斯卡少爺！只要傑利喜歡，您知道的，他絕不會看走眼！至於我，您每天用餐時間都會看到我。但是如果您突然肚子有點餓，現在，您知道在哪裡可以找到我了，不是嗎？我永遠有東西可以給您填牙縫！您喜歡吃什麼呢？因為我這個人呀，我什麼都愛做！蛋糕、海鮮——」

奧斯卡很願意回答這個問題，但雪莉不給他發言的機會：一般而言，人家想回答第一個問題時，她已經問到第三題了。幸好彭思打斷了交談——或許應該說是打斷了雪莉滔滔不絕的連珠炮。

「謝謝，雪莉。奧斯卡少爺已經明白了，也很感謝您。現在我要告訴他如何去花園，午餐時會再見到您。布拉佛先生在等——」

「嘿！彭思，您倒說說，有人問您什麼話嗎？」廚娘雙手扠腰，反嗆回去。

她聳聳肩。

「好吧！那麼，就待會兒見吧！奧斯卡少爺。」她惱怒地說。

她背過身去，埋頭在冰箱裡找東西，不再理會他們。奧斯卡與彭思交換了個眼神，不太知道該怎麼辦。管家朝天翻了個白眼，邀他穿過廚房盡頭的玻璃門。

他們步下三階台階，在一條石頭小路上走了幾步。

「到了。」彭思說。「庫密德斯會的花園一直延伸到環繞藍園的主要道路。通行樹就在那座公園裡。您和魏特斯夫人走過的那條隧道就在那條路下方，然後來到我們的花園，直到布拉佛先生的宅邸。」

奧斯卡能放手探險，實在太高興了，早就沒去聽管家在說什麼。彭思警告他：

「花園非常大，不熟的人很容易迷路。別忘了：您和布拉佛先生的午餐之約離現在不到一小時了。別跑太遠。」

「好啦，好啦！」奧斯卡不耐煩地說，甚至沒抬頭望嚴肅的管家一眼。「我知道了！」

他把足球放在腳前，一面走一面踢，逛了好一陣子，根本沒看路。說穿了，這座花園跟世界上所有其他花園沒兩樣：樹木，草皮，五顏六色的花壇。

遠處，一條小徑盡頭，他隱約望見一堵高聳的石牆，牆面長滿藤蔓。這是莊園的邊界了嗎？他朝那面牆走去，但在抵達之前，路旁有兩棵樹彎倒下來，擋住他的去路。他嚇壞了，一動也不敢動。樹枝又抬起；他一時間以為只是一陣風的關係——然而，他絲毫沒有感受到空氣流動。

他繞開那兩棵樹，決定爬過一座開滿花的小山丘。而他的腳一踏上泥土地，所有花全部變成紅色，豎起花冠，虎視眈眈地轉向他。他連忙抽腳，後退一步。在他前方，小草開始明顯抽長，長到他膝蓋的高度，還繼續往上，長到跟他的身高一樣高。草叢中，不知從哪裡忽然冒出帶刺蕁麻和荊棘，在空中張牙舞爪。奧斯卡趕緊折返，最後還是回到草地旁的小徑上，驚嚇得說不出話。長草立即降低，恢復平坦整齊的模樣。

訊息很清楚：不可到那面牆附近探險。

說穿了，這座花園不「正常」，跟其他花園不一樣……他拿起足球夾在胳臂下，朝大房子的方向走去。

很快地，他開始後悔來的時候沒注意看路。現在，他完全認不出任何事物，所有的一切似乎都長得一樣。然而，他的方向感本來是非常靈敏的。突然間，有個東西動了一下，引起他的注意。他迅速轉頭看一叢玫瑰花，終於明白為何會找不到路：原來花朵悄悄變換位置，樹木緩緩移動，並形成相反的姿態，而小徑則不斷變形，彷彿一條條小蛇在地上扭行。奧斯卡張大嘴巴，觀看這些奇異的現象。現在只有一件事可以試試看了：找到屋頂，往那個方向走，但願房子不會動！

他小心翼翼地接近一棵樹，用手指輕輕觸碰。沒出現任何反應。於是他把球放在草地上，開始爬樹。他盡可能伸長手臂，攀住一根樹枝，然後用腳抵住樹幹。才剛爬上更高的枝幹，他就感到大禍臨頭：他腳下的樹枝全部變得軟趴趴的，像口香糖似的！他想抓住另一根枝幹，但那段樹枝也像膠水一般在他指間融化。轉眼之間，他跌倒在草坪上，四腳朝天……枝枒紛紛重組恢復，宛如魔法。

他站起身，徹底放棄爬樹的念頭。

「反正，」他說，「假如他們發現我沒回去，總會出來找我的。」

他彎下腰，打算撿球，但已經來不及了：一根橡樹枝掃過地上，猛力一射。奧斯卡轉過身：一棵榛木在半空中拍了一下，把球加速送入橡樹繁茂的枝葉中。橡樹沒能接住，足球滾到較遠的草地上，四周響起一片如雷掌聲：目睹這場球賽的所有花朵都用力拍動樹葉。

這些特異現象，奧斯卡已經開始見怪不怪。他乖乖走開，不太知道是該打斷這場比賽，還是該加入它們。事實上，既然沒有其他隊伍，他也願意將就將就，跟這些奇怪的選手玩玩。而且，說真的，生長在這樣一座花園，卻被困在高牆之後，樹木們也一定覺得無聊到了極點吧！

最後，奧斯卡向前走了幾步，想把球撿回來。他猶豫了一會兒，微微一笑，在草地上靈活盤球，避開擋在他路上的幾叢小灌木，大腳一踢，把球鏟飛到空中。橡樹展開枝枒，順勢把球送進一大片玫瑰花叢中。所有花朵一起彎腰縮起，而當球終於在糾結盤繞的枝葉中出現時，到處都被刺穿了……而且氣全洩光了。

奧斯卡撿起插滿刺的足球屍體，朝玫瑰花狠狠瞪了一眼；花朵瞬間變紅，紛紛低頭龜縮。

「比賽因為技術問題中止，」醫族男孩氣呼呼地說：「玫瑰花，紅牌一張！」

他嘆了口氣，轉過身去，有點不知所措：

「那現在，我該怎麼回去呢？」

橡樹彎下最高的枝幹，回應這位小隊友。奧斯卡猶豫了一下，坐上去，抓牢樹葉細枝。橡樹把他抬到空中，幾秒鐘之後，整座花園及附近的宅院都在他腳下。他特別注意到一棟非常陰暗的房子，屋頂上築有齒狀垛牆，還有幾座尖聳小塔，四周黑松環繞。那座宅院似乎離庫密德斯會很遠，或許已經位於城外。但他沒時間仔細觀察那棟像中古世紀城堡的房子，因為橡樹不耐煩地搖晃枝幹，奧斯卡只得趴下來，以免摔落。

「好啦，好啦！我盡快就是了！」他答應這位剛剛新交到的朋友。

他找到溫斯頓．布拉佛的住所，發現其實房子就在附近，沒有想像中那麼遠。很顯然地，這座花園和園子裡的植物居民們擺了他一道！

「我想我們可以下去了。」奧斯卡不甘願地說。「喔！再等一分鐘就好。」

他剛剛發現，在他右手邊，有一個小池塘，而在稍遠的地方，一道厚實的斜坡後方，有一個像迷宮的園地，由各式各樣的植物排列組成，種類多得驚人。要是有時間，他真想好好記住位置，但樹枝已經往下降，碰到地面。

「不，不，等一下，我……」

「我想，就算再等一分鐘也已經太久了。」一個聲音在旁邊響起，打斷他的話。現在，這聲音聽起來已經很熟悉。

奧斯卡不必抬眼看，就猜到是彭思來找他了。管家似乎在生氣。

「您可能會受傷的。」彭思的語氣帶有責備意味：「還有，請記住：如果您能看得很遠，人家也能從很遠的地方看到您，這可不是什麼好事。」

「我迷路了，這棵樹幫我找到房子的方位。」奧斯卡回答。

「請勿輕易被那些樹木影響。」彭思說，輕蔑地瞪了橡樹一眼。「您可能會害自己陷入險境。」

他說起話來跟學校的企鵝老師真像——只是彭思不是企鵝老師，現在是暑假，而且庫密德斯會不是學校。奧斯卡差一點就這麼頂回去，但他改變了心意。決定先不要樹立敵人。在魏特斯夫人和溫斯頓．布拉佛教導他醫族的神力和角色這段期間，他必然會需要彭思幫助。

奧斯卡努力擠出抱歉的神色，然後問出了那個已經快憋不住的問題：

「這些花草樹木怎麼會動呢？而且簡直跟我們活人一樣？」

「因為布拉佛先生和崙皮尼女爵曾經進入庫密德斯會花園所有植物的器官組織。他們非常……輕微地改變了它們的基因，於是花草樹木開始活動，甚至能了解人類。」

彭思搖搖頭：很顯然地，他並不贊同這項做法。

「布拉佛先生將保護庫密德斯會的重責大任交給它們——它們還要保護不小心在這裡迷路的小孩。」彭思說著，自然地瞇起眼，目光落在奧斯卡身上。「它們是最好的哨兵。」

「所以它們才阻止我接近花園盡頭那道牆？」

「對。」管家回答：「為了不讓別人看見您，也為了不讓您發生危險。想必是布拉佛先生下的指令。我必須把這件事告訴大長老。不知道會不會要把它連根拔起。」他大聲說，彷彿故意要橡樹感受威脅。

就在這個時候，奧斯卡的目光被石子路上一條黑線吸引。他彎下腰，好奇觀看：是一群螞蟻，宛如軍隊一般，一隻接著一隻，整齊地行進。

彭思嘆了口氣。

「崙皮尼女爵非常熱心投入。」他說。「光改造植物還不夠，她還進入了花園裡某些昆蟲體內玩了一圈，結果就像這樣……」

兩人說話時，螞蟻兵團已經開始疊羅漢。幾分鐘之後，奧斯卡面前出現一根圓柱，他也終於認出這群小蟲試圖呈現的東西。

「這……這是一支球棒！是一支棒球球棒！」男孩大喊。「牠們一定看見我們玩足球了，而且也想運動一下！」

一團螞蟻還留在地上，聚集起來，形成一顆完美的圓球。同時，球棒動了起來。奧斯卡把管家拋到九霄雲外，忘了周遭的一切，就定位置，準備接球。球棒奮力一揮，打中突如其來的球，球一飛衝天。男孩伸長手臂，半空中接殺。球一落進他的手裡，立即爆開，幾百隻螞蟻散落開來。男孩四面八方亂跳，拉扯揮抖衣服。用哀求的眼神望著彭思。

管家失去冷靜。

「夠了！馬上從這個孩子身上下來，要不然，布拉佛先生可會讓你們吃不完兜著走！」

螞蟻群急忙聽從命令：不過幾秒鐘的工夫，奧斯卡便擺脫了這群搔癢大軍。

管家看看手錶，皺起眉頭。

「就快中午了，您已經遲到了！快跟我走，不應該讓大長老久等。」

奧斯卡先讓他離開，然後對橡樹眨了眨眼。

「謝謝。」他低聲說。「不久後見！」

他的確打算之後再來好好利用這位植物足球員……橡樹暗地輕抖了一下，向他道別。

奧斯卡跑步追上彭思，前去會見他好奇不已，害他內心一片混亂，卻尚未曾謀面的，溫斯頓・布拉佛爵士。根據魏特斯夫人先前告訴他的：布拉佛是一位名律師……更厲害的身分是：醫族大長老。

醫族大長老

玄關大廳裡，樓梯下方，彭思的手扶在門把上，把奧斯卡從頭到腳仔細檢視了好幾遍。男孩被盯得不好意思，聳聳肩，眼睛望向別的地方，但仍試著把那一頭紅色亂髮撫平，把襯衫下襬塞進牛仔褲裡。

彭思這才打開門，奧斯卡走進庫密德斯會的客廳。

他小心翼翼地走在地毯上；地毯的面積幾乎覆蓋整片地板，無論是沙發下，還是壁爐前。他凝視地毯上的花紋：身穿綠色鑲金邊披風的男女與身穿紅黑衣的人們作戰，火裡，水裡，森林裡。他認出一連串M字環沿著地毯周圍繞一圈。戰士們的披風上也繡有這個符號，在奧斯卡走過時，他們紛紛轉頭望，彷彿活生生的真人。

奧斯卡環顧四周：牆上也鋪掛了一種明亮的絲綢，布料上微微凸出同樣的字母圖案。當然，就是那個M字。事實上，整座屋子和在屋裡生活的人都被蓋上這個印記。這個字母具有某種安定的力量，現在奧斯卡已經喜歡隨時能在身邊找到它。

彭思跟在他後面，伸手一比，指示他餐廳的方向。這兩個遼闊的廳室套出一個直角，呈L形空間。奧斯卡隱約看到，在餐廳底部，擺了一張木桌。他輕輕撫摸綠色天鵝絨長沙發，連壁爐裡都燃著詭異的綠火；他經過壁爐，走進餐廳。

餐桌似乎無盡延展；桌子的另一端，有一張又高又大的單人扶手椅，椅背最上方刻著大大的字母。椅子上坐了一位莊嚴的男性。

奧斯卡立定不動，仔細觀察溫斯頓・布拉佛。他的眼睛漆黑狹長，眉毛又粗又濃，跟往後梳得光滑的頭髮一樣烏溜溜。布拉佛身穿套裝，翻領與領帶和背心的綠色呼應。他一雙大手放在桌上，其中一隻手把玩著跟溫特斯夫人類似的項鍊墜子——奧斯卡很快就注意到，唯一的不同點是：在字母中央，有一顆綠色寶石，光芒璀璨。

「你好，奧斯卡。」他的聲音又低又沉。「請就座。」

儘管眼睛烏黑，下巴方正，布拉佛先生英俊的臉龐並不兇狠，但也看不出絲毫善意。奧斯卡順著他的目光望去：餐桌另一端放置了一張空椅子，桌上也擺放了餐具。他坐下，試圖微笑，卻說不出半個字，整個人僵住了。

雪莉救了他。她從大長老沙發正後方的一扇門走出來，那扇門連結餐廳與廚房。

「噢！奧斯卡少爺！」廚娘端著盤子快步向他走來。

她把菜餚放在奧斯卡面前，機關槍似地展開滔滔不絕的長篇大論。

「……所以啦，您一定會愛上我的醬汁雞。」這是她的結論：「這可是我的拿手菜！」

奧斯卡垂下眼看盤裡的食物：看起來差不多像一隻雞腿——但這只是假設——，漂浮在一種橘色液體裡，而在其他綠色和棕色的看不出是什麼的塊狀物中間，這裡一點那裡一點地潑灑著五顏六色的水滴。奧斯卡的笑容不見了，實在忍不住流露愁眉苦臉。

「謝……謝謝，雪莉。」他勉強擠出幾個字。

奧斯卡想起，一個小時之前，彭思對廚娘的反應，尤其不想再次招惹她的那副模樣。她人雖然很友善，卻也十分可疑。奧斯卡抬眼望溫斯頓．布拉佛。大長老僅靜靜觀看好戲，繼續把玩鍊墜。

「快吃！」雪莉命令：「然後我再替您添滿一整盤！」

奧斯卡驚恐地看著自己的餐盤。雪莉沒走開，穿著圍裙，站得直挺，迫不及待地想確認自己的「手藝」對男孩造成多大的震撼。

溫斯頓．布拉佛對他的客人伸出援手。

「謝謝您，雪莉。您可以下去了。」

「但是——」

「我向您保證，若是奧斯卡肚子餓，我們一定會通知您。」醫族大長老冷冷打斷她的話。

雪莉嘴裡嘟噥著走開，輕輕關上門。

大長老俯下身子，仔細看著地板。

「勞斯！萊斯！過來這裡！」

一陣細碎的爪子抓地聲，奧斯卡感到兩團熱呼呼毛茸茸的東西從他小腿間鑽過。他抬起腳，把頭探到桌下。他先前完全沒注意到；有兩隻巴吉度獵犬，肚子幾乎趴到地上了，像兩條裝了馬達的香腸似地，朝主人跑去。

布拉佛先生輕輕撫摸，兩隻狗兒乖乖坐下；眼睛和嘴唇下垂，稍稍動一下就晃啊晃地往下掉，長長的耳朵也拖在地上。

「奧斯卡那盤菜就拜託你們了，我的好狗狗。開動！」

勞斯和萊斯從餐桌另一端快跑過來，活像兩頭大象，一腳前一腳後，步伐凌亂，互相推擠，最後絆倒，撞上椅腳。男孩緊抓住桌緣，差一點跌倒，對大長老投以詢問的目光。

「盤子。」溫斯頓．布拉佛簡單明瞭地說。

不勞他說第二次，奧斯卡馬上就懂了。他伸出餐盤，兩隻淌著口水的狗狗立刻把頭埋進盤中那堆倒人胃口的混合物，又舔又咬又嚼，發出令人又驚又怕的噪音。奧斯卡因而更慶幸自己不需要品嚐那玩意兒。拿回盤子的時候，盤裡乾乾淨淨，一滴不剩。

他把盤子放回面前，對狗狗們微笑，牠們轉回主人身邊。男孩只有一個願望：但願牠們吃了雪莉的菜之後還能活得好好的。不過，很顯然的，這並不是牠們第一次體驗她的手藝。

「我們就說實話吧！小伙子。」溫斯頓．布拉佛坦承：「雪莉在聊天方面天賦異秉，做菜則奇差無比。好，現在我們該談正經事了。邀你共進午餐不是為了餵飽我的狗，而是要談談你和你的未來。」

他的語氣變得冷峻。奧斯卡挺胸坐直，只曉得點頭。

「首先，」大長老接著說，「我之所以會答應讓你來這裡，只有一個理由：因為我信任魏特斯夫人。她堅信你擁有醫族能力。」

說完，他停頓了一會兒，整理思緒。

「我認識你父親。」溫斯頓．布拉佛繼續說，語氣和緩了些：「他是一位聰明又勇敢的醫族，為族人和這個世界付出許多偉大貢獻。」

奧斯卡頓時驕傲極了！但很快地，得意之情被擔憂掩蓋：他配得上父親的偉大事蹟嗎？溫斯頓．布拉佛的目光深深望進男孩的眼睛。那目光如此逼人，奧斯卡突然覺得彷彿被探進心底最深處，心思都被看光。

「如果魏特斯夫人沒看走眼，而你也下定決心要追隨醫族大長老，你將有機會與你的族人並肩作戰，拯救世界。唉！迫在眉睫，比任何時候更緊急。因為這就是你現在在這裡的原因，你知道嗎？」

奧斯卡點點頭。但其實，他並不清楚這事情背後的意義。魏特斯夫人曾說到一場危機，緊急事態。

「我們的敵人，那個，大什麼的……」

「病族大長老，奧斯卡。」溫斯頓．布拉佛糾正他，「他也被稱為黑魔君。你必須記住這個名字，我們所有人都必須牢記這個名字。」

奧斯卡的腦子裡又湧現一大堆問題。

「他很危險嗎？」

「非常危險。全人類的處境都非常危險。」

大長老讓奧斯卡思考一下，等他反應。

「我們會有什麼危險？」奧斯卡問。「那個黑魔君，他能把我們怎麼樣？他一個人能打贏所有人？他要怎麼——」

溫斯頓．布拉佛比了個手勢，中斷他滾雪球般的不停發問。顯然，奧斯卡好奇心十足，而且很聰明。

「不，他不是單打獨鬥：病族人數眾多。」醫族大長老回答。「而現在，他們的首領自由了，在黑魔君的號召下，這幫人一定會再聚集起來。現在要把一切解釋清楚還太早，故事太長，反而是在學習使用體內入侵術時，你會知道得更多。侵入體內，但……」

「使用什麼術？」

「不重要。」布拉佛斷然回應，叫人不得不閉嘴。「我只能告訴你，病族的力量強大無邊。他們具有一種能力，能侵入體內，引發讓一般醫生束手無策的疾病。只有醫族能對抗那些頑強的疾病，與病族作戰。」

「這意思是……我也能進入一個體內？」

「所有醫族都能：這就叫做體內入侵術。基本上，就是為了讓你學這項技術，才把你弄到這裡來：方便我們在初學階段陪你踏進身體及其五個世界。如果你能辦到的話。」布拉佛先生最後又補上一句。

奧斯卡坐直身子，挺起胸，覺得自尊心受了傷。他只有一個渴望：那就是證明他辦得到。他才剛開口要說話，大長老就潑他一頭冷水。

「不，不准問任何問題：你直接學習的時候就快到了，比你想像的快。我們會盡可能幫你，但你要知道，很多事還是要靠你自己，只有你一個人做得到。」

奧斯卡不確定自己真的聽懂了，但仍點頭答應。

「那麼，現在，」大長老說：「如果你想逃掉雪莉的甜點，就跟我來。」

溫斯頓．布拉佛站起身，奧斯卡這才發現，大長老的身材體型跟聲音如出一轍：他非常魁梧壯碩，似乎佔滿整個餐廳。

男孩跟著他穿過客廳，直到最角落的一面立鏡前。鏡座是裝飾藝術風格。布拉佛一隻手就把鏡子推上一條軌道滑動。奧斯卡看見一道比較窄的矮門出現。大長老拿出他的項鍊墜子，嵌入刻在木門上的圖案。字母和綠寶石完美結合，門立即打開。溫斯頓．布拉佛對奧斯卡招招手，然後彎下腰，鑽入門裡。

他們進入一個比較小的房間，像密室；牆上掛了許多畫，擺靠了不少書。房間中央，一張三〇年代風格的亮漆木桌幾乎佔據整個空間。很奇怪，這個房間裡沒有窗戶，光源就靠一盞擺在桌上的燈。底座有一條蛇形裝飾纏繞。一顆低功率的燈泡散發微光，將印在燈罩上的大寫M字投射在四周。

溫斯頓．布拉佛關上門，把金色字母嵌入一個奇怪的鎖裡，只聽見「喀嚓」一聲。

「這樣我們就不會受到打擾。」溫斯頓．布拉佛解釋。

他繞了大桌一圈，朝一個半身雕像走去。那雕像與他本人相似的程度驚人。奧斯卡不由得挺直身體：不是在作夢，雕像的臉動了起來，睜開了眼睛，與大長老四目對望。

「日安，查爾斯叔公。」

雕像點點頭。

「親愛的叔公，這是奧斯卡。奧斯卡，我來介紹一下：這位是我的曾曾曾叔公，查爾斯．布拉佛，赫赫有名的醫族大長老。」

溫斯頓．布拉佛暗中觀察老祖先──或者該說祖先的殘軀，看他怎麼反應。他剛才不敢當場說，查爾斯．布拉佛還活著的時候，就以脾氣暴躁出名，而且情緒說變就變。假如遇上他心情不好，那還不如去跟一張椅子或一支鋼筆說話。所以，現任大長老擔心剛好碰上這樣的時候，而他的擔心果然有道理：雕像回歸原來的姿勢，彷彿一直只是一尊不會動的雕像，並閉上了眼睛。今天實在不是好日子，顯然不該來打擾他，或介紹什麼人給他，更別想對他提出詢問。

但溫斯頓．布拉佛還沒亮出王牌。

「也許，您已經認出他了。」他繼續說：「奧斯卡是維塔力．藥丸的兒子。」

說出那個姓名時，他特別加重語氣。這一次，大理石像轉頭望向男孩，眨了眨眼睛。維塔力的功勳深深刻在每一個醫族的記憶裡，即使查爾斯叔公已經在三百年前去世，而且在聽說藥丸對抗病族大長老的事蹟時，軀體已只剩上半身。但關於維塔力的命運，查爾斯想必也已有所耳聞……哪件事會讓他勃然大怒？總之，趁他的好奇心被挑起，要好好把握機會。

「這個男孩似乎繼承了醫族的能力。」溫斯頓說，「不久後，他將進入軀體內，與我們並肩作戰，戰鬥的原因想必您已經知道了。所以，他必須擁有所有醫族都有的東西，查爾斯。」

雕像搖頭晃腦，皺起眉頭，聳聳肩膀，然後搖搖頭。他似乎十分震怒。

「親愛的叔公，我們必須相信貝妮絲．魏特斯；我知道，您很敬重她。她保證負起全責，而我也決定支持她。」

做完一連串古怪表情之後——好險他沒辦法說話——查爾斯終於點頭答應。

奧斯卡鬆了一口氣，湊到大長老耳邊，悄聲問：

「先生……您的查爾斯叔公……他還活著？」

溫斯頓．布拉佛不禁微笑。

「是也不是。等你對醫族多了解一些之後，自然會明白。醫族和病族有一個共通點：兩者都不會完全消失，除非在某個軀體內作戰時被殺。否則，倘若是老死、病死、意外死亡，或在體外被殺，他們的魂魄不散，並能隨意挪移。或許進入一尊雕刻，一本書，任何一件物體，甚或同時存在好幾件物體中。甚至，進入另一個人的體內。」

奧斯卡的眼睛開始發亮。

「那麼，假如我父親是死於一場意外，或許……」

「……對，或許他的魂魄還存留在某個地方，但如果他不願讓人知道，也沒有人敢保證。能確定的是，當醫族死於人體之外，他的力量會轉移到另一人身上。注意：這一點也適用於病族。

正因如此，在人體之外抓到病族時，最好把他囚禁起來，不能殺他。想永遠摧毀一名醫族或病族的軀體、力量和靈魂，就必須趁著侵入體內作戰之時消滅他。」

無法得知父親的魂魄是否藏在某處，奧斯卡失望地垂下眼睛。會不會在他那張寶貴的照片裡？

溫斯頓．布拉佛彎下腰，目光炯炯地注視奧斯卡。

「奧斯卡．藥丸，要知道，如果你真的是醫族，你的能力已經遠比一名實習醫生強得多。從此，你的生活不侷限在單單一個世界：你要穿越好幾個世界，完成任務。每一個世界都不一樣。你該引以為傲，更應該發揮出匹配得上的表現。那麼，誰知道呢？或許，有一天，你父親的魂魄就會對你顯靈。」

一個奇怪的聲響引起奧斯卡注意。他把身體稍微斜往側邊，剛好可以看見布拉佛身後住著查爾斯叔公魂魄的雕像：雕像的嘴巴張開，嘴唇不斷擴張；幾秒鐘之內，一下子滿臉通紅，然後轉成暗青，最後整個變成紫色。

「先生！」奧斯卡大喊，有點尷尬地打斷大長老說話：「您的叔公……我想他遇上了小麻煩！」

溫斯頓．布拉佛猛然轉頭，急忙跑到雕像旁邊。

「唉呀！看我把腦袋丟到哪裡去了？」他慌張地自責。

他把手探入叔公張開的大嘴，然後猛力抽回。查爾斯叔公總算能深呼吸一口氣，開始咳嗽咳痰，逐漸恢復原來的顏色：大理石的顏色。

「一切還好嗎？查爾斯叔公？」

雕像對姪孫投以一道憤怒的目光，然後乾脆閉上眼。查爾斯叔公的魂魄藏在雕像最深處，看來已經沒有什麼可以從裡面拿出來的了。

「好吧，我想今天最好就到此為止。」大長老尷尬地說。

奧斯卡也認為謹慎一點較好，寧願先離雕像遠一點，以防查爾斯叔公的魂魄突然回來，壞脾氣爆發。溫斯頓．布拉佛在他的辦公椅坐下。

「過來，奧斯卡。」他說。

男孩遵照指示，沿著書桌走過去，站在大長老對面。溫斯頓．布拉佛伸出剛才從雕像嘴裡抽回的那隻手，張開手掌。奧斯卡的眼睛眨了幾下，張大嘴，卻說不出話。

「你最好把嘴巴閉上，這樣害我想到某人。」大長老低聲說，偷偷瞄了查爾斯叔公一眼。

「這……這是給我的？」奧斯卡結結巴巴地問。

「對，這是給你的。拿去，握在掌心裡。」

「右手掌。」奧斯卡搶在大長老之前，特別強調。

「沒錯，」布拉佛點頭，「右手，『用來放在心上，打開軀體』的手。你不久後就會學到。」

於是，奧斯卡拿起在宅院主人手裡閃閃發光的東西：一個項鍊墜子。他握住原字母，隨即感到一股熱流從掌心出發，沿著右手臂往上，越過胸口，凝聚在心臟，然後往上流到後頸，最後抵達頭部。

溫斯頓・布拉佛觀察這男孩，深感訝異。難道貝妮絲說的真的沒錯？他抓住墜子上的項鍊，為奧斯卡戴在頸子上。然後，他把右手放在M字上，按在男孩的胸口。

「奧斯卡，不知多少個世代以來，查爾斯叔公一直是字母守護神。無論是在這尊雕像裡或其他地方，只有他的魂魄能把鍊墜交給醫族子弟，同時把自己的能力傳授給他們。現在，這個字母是你的了，因為你是第一個把它按在心口上的人。永遠不可與它分開。除非經過你允許，否則沒有任何其他人能用它。這是你的字母，如果你配得上它的話。」溫斯頓・布拉佛強調。「它會守護你，將是你的準則，你的力量；是你黑暗中的光，在失去一切希望時給你勇氣，為你築起圍牆，抵擋邪惡與敵人。」

溫斯頓・布拉佛收回手，奧斯卡凝視著這個象徵醫族的標記。

大長老遲疑了一會兒。他下一步要做的事牽連到他本人，卻違反他十三年前那個抵制藥丸的決定。他的目光與正盯著他看的藍眼睛交會。最後，他總算將自己的字母湊近奧斯卡的字母。就在那一個瞬間，男孩的字母閃過一道綠色光芒，隨即恢復金色。

「當我把這兩個墜子靠在一起，」布拉佛解釋，「我的字母就和你的字母結合了。無論它們各自在哪裡，永遠都能找到彼此。這件事，你也必須牢牢記住。」

他輕輕推開奧斯卡。

「現在，」他說，「你該去見魏特斯夫人了。我還有事情要辦，你也是。」

奧斯卡盯著自己的字母墜子不放，一面朝門邊走去。大長老叫住他。

「最後一件事。」他說，「我先前跟你說明過，我們大家都陷入危機了；但是，你，你遭受的威脅或許比別人更嚴重。」

「為什麼？」奧斯卡不解地問，非常想知道答案。

布拉佛猶豫了一下。他想讓男孩意識到病族目前可能帶來慘重災難，卻也不必使他過度擔憂。

「因為你還沒做好防衛自己的準備。在準備好之前，你必須多加小心，跟其他所有還不懂得運用能力的醫族一樣。除了謹慎，還要低調：我不要有人知道你在這裡。總而言之，你愈低調，就愈安全。懂嗎？」

奧斯卡點點頭。

「從今天起，你可以回家度週末，回巴比倫莊園；但星期一到星期五，在這裡的時候，未曾知會我或彭思之前，你不准走出庫密德思會的圍牆，就算離開一分鐘也不行……而無論發生什麼事，你一定要在晚餐之前回來。如果沒有準時回來，奧斯卡，庫密德思會的大門將不再為你開啟。永遠關閉。總之，在你尚未成為可靠的醫族之前，只要你住在這裡，就要遵守這項規矩。」

大長老的語氣變得很強硬。即使奧斯卡不喜歡規則限制，也一直都難以安分遵守，但他知道這次沒有選擇。他會乖乖照做，一字不漏。

空白頁

奧斯卡離開書房，走出客廳。彭思已經在等他。

「魏特斯夫人很快就會到藏書室來跟您見面。」管家說。

他們一起走過大廳，來到一扇門前，進入一個非常寬敞的房間。房裡的窗戶面對庫密德斯會入口。

「您可以到會議桌最底端那張椅子坐下。」彭思詳細說明。「不過，不要碰任何東西，如果您不想惹麻煩的話。在這裡，並不是所有的一切都會跟您玩足球或棒球。」

彭思關上門離開。奧斯卡對著門板做了一個超醜的鬼臉。但他寧願謹慎一點比較好：顯然地，在庫密德思會，就連植物也有眼睛和耳朵，很可能會打小報告，把奧斯卡在背後所說的和做的講給管家聽。他把警告拋到腦後，在房間裡走了幾步。

藏書室一側的牆面上佈滿書架，古老的書籍積滿灰塵，把書架都壓彎了；而窗戶對面，另一側的牆壁，從地面到天花板，則掛滿陰暗的巨幅人像，畫中人物個個眼神嚴厲。

奧斯卡深感好奇，沿著這系列畫作走回靠近門口的書架。有一張長橢圓形深色木桌，他繞著桌子走了一圈。沿桌搭配了六張單人扶手沙發，手工填塞釘扣，綠色天鵝絨靠墊。在每張椅子的椅背上，奧斯卡認出了那個字母：現在他也有一個了，繫在項鍊底端，掛在胸前。桌子一端的那張沙發最高，椅背上突出一個鑲了寶石的M字。想必是大長老的座位。

快走到第一排書架時，奧斯卡突然絆了一跤，整個人摔了個狗吃屎。他朝後看了一眼，剛好瞥見一張沙發迅速收回椅腳。上次在二樓被地毯絆倒，現在又有一張椅子伸腿來拐他！

他正打算走近詳細觀察攻擊他的傢伙，突然一聲喀啦巨響，把他嚇了一大跳。他整個人彈了起來，朝書架轉過身去。不久後，同樣的聲響又出現一次：有一本書浮在半空，然後乾脆地摔落在木架上。另外一本還偷偷添加花招，開闔書頁，以凸顯與眾不同。

奧斯卡走到第一本發出聲響的書旁邊；它又開始作怪了。男孩猶豫了一下，還是抓住了它——那是一本厚重的書，精裝封面已折損，並沾了斑點。他把書放在桌上，還來不及伸手翻書，封面就自己掀開，展現一整頁空白。醫族男孩湊近書頁，簡直不敢相信自己的眼睛：頁面上出現一個黑點，然後一個一個字母開始成形，彷彿有一隻看不見的手正在書寫。筆觸愈來愈快，奧斯卡終於在墨水漬中讀懂潦草的字跡：

「你是誰啊你？」

奧斯卡大吃一驚，後退幾步，環顧四周。只有他一個人。他把手放在書頁上方，抬頭看天花板：空中沒有半條線，沒有筆，沒有任何機關。

「一本書竟然會跟我『說話』？」他驚訝地脫口說出。

空白頁上，線條再次一筆一畫地顯現出來。

「去，真是個凡夫俗子！書什麼時候會說話了？是作者在跟你筆談，不是書！我是比利・波依德，作者是也！！」

奧斯卡睜大眼睛，驚愕地說不出話。

「我……我不認識您，請見諒。」

「噗……你不認識我，而且連站也站不好，你到底會做什麼？」

奧斯卡正想回應這位比利，另外兩本書又開始在書架上搞鬼。他先把作者的嘲笑擺一邊，伸手去拿那兩本似乎在呼喚他的書。沒抓到，書架太高了。

他遲疑了一下，走到桌邊一張沙發旁。他想起大長老曾對他的叔公雕像說話；於是決定也對沙發椅做同樣的事，或許，有哪個醫族魂魄躲在裡面也說不定……

「呃……」男孩結結巴巴地說，「日安，先生。不好意思，我是不是可以……呃……爬到您身上，只要一分鐘就好？我想拿下那些書，但是書架太高了……」

他不太清楚該從何處著手，也不知道沙發椅會給他什麼答案，但總之問問沒有損失。他朝座椅跨出一步，立即往後跳開。一隻木腿往奧斯卡的腳伸出來。男孩恍然大悟，終於弄懂椅子要他做什麼。

「喔，您要我把鞋子脫掉，對不對？」

沙發的椅背向內彎了彎。奧斯卡立即照辦，脫掉鞋子，只穿襪子。波依德的書又躁動起來，奧斯卡實在無法不去讀新顯現的文字。

「救命！臭死了！馬上把鞋子穿回去！」

「胡說八道！」奧斯卡高喊，他氣極了。

波依德變本加厲，在書頁上大肆挖苦嘲諷，特地用大寫字母書寫。男孩幾乎想把書丟出窗外，可是書架上，另外那兩本書又盡其所能地撞擊木板，引他注意。最後，沙發椅自動滑到書架旁，微微張開扶手，奧斯卡小心翼翼地爬上坐墊。他身體的重心倚靠在椅背上，朝兩本書中鬧得較兇的那本伸長手臂。那本書裝訂得頗為堅固、厚實，封面包了書套，保存狀態良好。

他把書放在桌上，挨在波依德的書旁邊。波依德立即出現反應。

「喔！不！哼！不要她來！」他一筆一畫抗議。「這位夫人自以為比所有人都聰明，又要用她的學識來轟炸我們了！」

奧斯卡馬上打開新書，很高興能故意氣氣波依德。字跡開始顯現，簡潔乾脆，沒有塗塗抹抹。

「喔，是波依德呀！翻開你的書讓你書寫的傢伙還真仁慈，或者該說真蠢呢？」

然後書本朝奧斯卡旋轉過來。

「您既然曉得把我從積滿灰塵的書架拿下來，可見您有品味！您是哪位？我在這裡從來沒見過您！」

奧斯卡很想回答，但第三本書發起狠，簡直要把書架弄垮：它比其他兩本還厚重，現在正不斷撞擊牆壁。它會把整座房子裡的人都招引過來，而彭思可能隨時就會突然冒出來。

奧斯卡迅速爬上還留在書架前方的椅子，雙手並用才好不容易拿下那本書。皮製封面有些地方磨得光亮，有一點霉味，但印製得非常美麗。就在醫族男孩準備爬下沙發時，又有一本書微微震動起來。事實上，這第四冊本子是一份文件，裝在一個卡其色的封套裡，用緞帶穿過金屬孔綁起來封口。紙頁悄悄散開，又默默聚起，揚起一陣小小的灰塵。奧斯卡細心放下皮製封面的精裝書，猶豫了一下，最後一次爬上椅子，取下文件套。

他把四冊書在桌上排成一列，並翻開後來拿下的兩本。

皮製精裝書的蝴蝶頁已微微泛黃，但精緻協調的書法字體優雅地流洩，伴隨一種奇特的刮紙碎響。

「日安，年輕人。」

「好極了，現在連老祖宗也來攪局。」波依德不滿抱怨。「喂，化石老骨頭，用鵝毛筆在紙上寫字，聽了讓人起雞皮疙瘩耶！」

「是嗎？那太好了。」皮製精裝書專注賣力地展現漂亮的字跡，把刮紙聲弄得倍加響亮。

「正好可以教教您對祖先說話時態度要尊敬！」

「我說啊，小伙子，」包了膠膜的書夫人又發言了，「記得剛才我好像問了您一個問題不是嗎……」

「我叫奧斯卡。」男孩回答。「奧斯卡．藥丸。」

「咦，這個名字我好像在哪裡聽過，到底是在哪裡呢？」書夫人自言自語地問著。

奧斯卡正想回應，放在最桌邊的文件夾上出現一道筆跡。字體十分細小，幾近透明，那些字簡直就像用一根頭髮寫出來似的，羞答答地擠在頁面一角。

「難道……難道您是維塔力．藥丸的兒子？那位大名鼎鼎的維塔力．藥丸？」

所有書本的頁面上都空白了一陣，然後只見波依德把頁面塗得一團黑。簡單地說，那代表一陣瘋狂大笑。

「哈，哈，哈！維塔力．藥丸的兒子！」波依德放聲大笑。「那我，我就是瑪丹娜的妹妹！」

「閉嘴，比利．波依德。」書夫人興奮莫名，展現出無比自信。「久仰久仰，親愛的孩子。我是艾絲黛．佛利伍德，跟您父親比起來，我也很有名—說不定名氣還更響亮！我寫過一本耀眼奪目的書，書名是《醫族能力之卓越非凡，引人入勝，無限完整之論述》。因此，在我死掉那天，我決定把魂魄遷入溫斯頓．布拉佛的原版手稿本。他是一位值得敬佩的大長老，而對我來說，最起碼要他才配得上我。」

奧斯卡嘆了口氣。波依德的批評讓人討厭，艾絲黛．佛利伍德又矯揉做作，他只想做一件事，就是把書擺回去。不過，害羞文件夾的反應倒引起他的注意。

「對，他就是我父親！」奧斯卡轉身對文件夾說。「您認識他嗎？」

「我讀了不少他的事蹟……我叫茉莉亞．賈柏，奧斯卡少爺。但我只是個小人物，您知道的。」她羞怯地寫下，「死掉之前，我只是布拉佛先生的秘書，藏身在這個文件夾裡。但您的父親，他是英雄！我很崇拜他！在他之後，誰有這份膽量對抗病族大長老？」

「什麼？您說什麼？」皮製精裝書的老先生優雅地咬文嚼字：**「請您表現得友善些，別像那個粗魯的波依德。並勞駕您靠過來一點，我沒聽清楚：您是哪一位的兒子……？」**

「賽莉亞和維塔力．藥丸的兒子，先生。」

「維塔力．藥丸？」作者在紙上尖叫。**「其他各位，您們聽見了嗎？親愛的孩子，我太榮幸了！我跟您父親很熟……」**

「……跟他曾祖父很熟，對啦！」波依德在沒擦乾淨的兩行草字中間嘟噥了一句。

「我的名字是阿爾逢思．德．聖賴林克斯，布列維爾公爵，卡拉邦侯爵。」老先生繼續說。**「我委託編製了幾本小小的醫族史，其中這本，溫斯頓．布拉佛賦予無止境的重視，我與有榮焉。年輕人，可否請您大發慈悲，湊近這頁紙張？這樣我能把您看得清楚些。」**

阿爾逢思．德．聖賴林克斯在紙頁上顯現一個塗滿銀色墨水的方框。奧斯卡的臉照映其中，彷彿水中倒影。

「真是見鬼了！」侯爵用粗體字驚嘆，然後用細體字在方框下寫道：**「相像的程度太令人瞠目結舌！只要您願意，我隨時非常樂意與您詳談。」**

「我也是啊！」艾絲黛．佛利伍德使出又闊又長的大號字體插話，「更何況如果您是醫族新鮮人，絕不可能不先來認識我的，親愛的孩子。」

「還有……還有如果有我能幫忙的地方，即使我的力量微薄……」茱莉亞鼓起勇氣用清晰的墨色表白，「我將感到十分榮幸，奧斯卡少爺。」

奧斯卡把一頭亂髮搔得更亂了。他根本沒辦法讀得那麼快，跟不上換書換頁的速度！

「謝謝，茱莉亞，謝謝您。」他說，「但我想魏特斯夫人會把我照顧得很好。她要教我如何進入體內和……所有那些地方，就這樣。」奧斯卡還不是知道得很清楚，艱難地混過去。

「魏特斯！」波依德從一大坨墨漬中大喊。「那個聒噪的老長舌婦！可憐的小子，你麻煩大了！想從中脫困，你真的要讀讀我的書：關於病族的能力和秘密，我全部揭露……應該說，如果我願意這麼做的話。」

讀著波依德的句子，奧斯卡其實覺得不太舒服，而關於魏特斯夫人的那些文字更激怒了他。

「我敢說，如果她現在人在這裡，」奧斯卡忍不住大吼，「您就不敢這樣撒野了！您以為您是誰？您的字醜得要命，書頁又破又爛！」

「我會回答你的，臭小子。」波依德草草寫下，「可是我沒空白了。如果你覺得翻頁這件事還做得來的話，那我就好辦多了─除非你怕我說出答案……」

奧斯卡才不想再聽他說第二次。害怕？他？更何況是害怕波依德？門都沒有！

「不，孩子，別聽他的……」

艾絲黛．佛利伍德還來不及把句子寫完。一秒鐘不到，醫族男孩即痛得哀嚎。那個卑鄙傢伙波依德的書——當然，它可以堂而皇之地換一頁，但奧斯卡怎麼可能知道呢？——趁這個時候，使出全力闔上，夾緊醫族男孩的手指。《病族文選》笑得前仰後合。

「疼！」茱莉亞摺起紙頁，潦草寫下。

「惡煞！」阿爾逢思用哥德字體譴責。

奧斯卡縮回手指，狂怒大發。他用還能動的那隻手抓起波依德的書，正準備把它旋轉拋到書架上，一個聲音當場讓他無法動彈。

「這裡發生了什麼事？」

奧斯卡把書放下。

魏特斯夫人直挺挺地站在他面前，似乎顯得比平常高大。她剛剛那句話說得鏗鏘有力，她臉上也難得看不見一絲笑容。

「誰准你把這些書拿出來的？」她嚴厲地問。

「我……我只是……」

奧斯卡不知道該從哪裡開始解釋。他認為還是閉嘴什麼都不說比較好，於是轉過身面向放在桌上的那幾本書。

魏特斯夫人從他面前走過，迅速地瞄了一下書頁上最後幾個句子。她深感訝異，盯著奧斯卡看。

「看樣子，在這群作者中，你的人氣已經很高了。」她終於鬆口。「你的好奇心帶你走對了路：這些書裡探討的都是醫族所該掌握的基本能力……大概除了那個資料夾以外。它對你應該派不上什麼用場；都是些舊檔案，古老的剪報等等。」

茱莉亞・賈柏委屈難平，把寫在內頁上的少少幾句話都擦掉，文件夾一陣輕顫。奧斯卡湊過去，讀到力道輕得幾乎看不見的幾個字：

「闔上我的資料夾，奧斯卡少爺，拜託您。」是茱莉亞剛剛才寫上的。

奧斯卡按照她的心意動作，卻不忘偷偷俯下身，悄聲說：

「謝謝您對我說的一切。我會再回來看您。」

他剛好還來得及看見封面一角上匆匆顯現一個笑臉標誌，隨即再也沒有任何動靜。

魏特斯夫人扶了扶紅框眼鏡，朝桌子快步走去。

「跟我來。我們來坐在會議桌邊。在開始挑戰體內入侵課程以前，有些事你必須先知道。」

奧斯卡等她選好一張椅子坐下，謹慎地與其他座位保持距離。

「奧斯卡，這些椅子是醫族至尊長老會成員的席位。就某種程度而言，這些座椅都是活的。這件事或許你已經知道了？」

「喔，有點模糊的印象。」奧斯卡說。他的腳踝還記得桌子右方那張椅子，會伸腿，攻擊性很強。

「這是提圖斯，對我忠心耿耿的單人沙發。提圖斯，我來介紹一下，這是奧斯卡。」

提圖斯彎下椅背。奧斯卡認出他的救命恩人，便回應了一個有默契的微笑。

「桌子另一邊，那一位是西西，它是安娜瑪莉亞．崙皮尼女爵的座椅。右手邊的是馬基維利，坐在它身上的是弗雷徹．沃姆。」

奧斯卡特別記住最後那張沙發的名字。雖然他只知道這麼一點點，但直覺在未來，應該對它和它的主人多加提防。至於西西，它在向奧斯卡致意時，全身的蝴蝶結摩娑出一陣細響；沒過多久，它散發出的香水味已經太濃，魏特斯夫人和奧斯卡都暗中離它遠一點。

「最後，這是加夫洛許，」魏特斯夫人接下去介紹：「它是阿力斯特．麥庫雷的座椅；在它旁邊的是金姐羅傑斯，是莫倫．茱伯特的座椅。別擔心。」看奧斯卡被這些名字弄得一頭霧水，魏特斯夫人安慰他，「你很快就有機會跟他們見面。」

「而最前端的那一張最大的座椅呢？」醫族新手問。

「你一定已經猜到了。」魏特斯夫人回答。「它是查理曼大帝，醫族大長老的寶座。除了大長老以外，誰都不能坐在查理曼大帝身上，奧斯卡。誰都不能。」

奧斯卡默默點頭，眼睛望著雕刻在木頭椅背頂端的M字。鑲在字母中的綠寶石熠熠生輝。奧斯卡感到一股短暫的熱流從自己的鍊墜傳來。

「去坐那張椅子吧！」老夫人提議，「那裡，會議桌的另一端。」

提圖斯滑動起來，在那張椅子旁邊停下，方便魏特斯夫人就近照顧徒弟。

「奧斯卡，你將有機會發掘無限關於醫族的事……」

「喂？有人在講我嗎？想必您說的正是我浩瀚無邊的知識，對這孩子很受用，而這要感謝我至高無上的傳授功力？」

艾絲黛．佛利伍德的書囂張地豎立起來，好讓奧斯卡和他的師父在桌子的另一端也能看得見。

魏特斯夫人嘆了口氣。

「不完全是，艾絲黛。不過，再次感謝您主動提供協助。您實在**非常**有愛心。我們剛剛說到哪兒了？」

「貝妮絲，您怎麼盡拿一些無關緊要的細節煩他？精華重點都在這裡，在我這本書裡啊！」艾絲黛再次自抬身價。

魏特斯夫人溫柔地對徒弟說：

「奧斯卡，抱歉等我一下。」

她站起身，用小碎步快速繞過桌子，臉上始終掛著微笑，雙手規矩地交握。艾絲黛．佛利伍德一心一意大做文章，洋洋灑灑地吹捧自己，完全沒空停下筆。啪噠一聲，魏特斯夫人闔上書本，把它橫放在桌上；為百分之百保險起見，還用阿爾逢思．德．聖賴林克斯的精裝厚書壓在上面。後者倒是很高興能堵住這隻愛現麻雀的聒噪鳥嘴，奪去她聒噪的羽毛筆。

「很好。」魏特斯夫人說著，回到奧斯卡旁邊的位子坐下。「我們總算能安靜地討論事情了。」

擺脫了艾絲黛，奧斯卡鬆了一口氣，馬上專注精神；他最高興的是終於能聽講了。沒錯，他喜歡閱讀，但用光速同時讀好幾本書，真的是讓他精疲力盡。

「你該明白一件事，」老夫人繼續講解，「所有你能從書上或任何人口中學到的，永遠都不如你從身體內發掘的來得有用。也因此，我會先把體內入侵術的最基本訣竅教你：只有等你進入體內之後，才有辦法學習身為醫族所該做的所有事情。」

「您的意思是，您要教我進入一個身體內，然後，我就自己想辦法？」奧斯卡問，有點擔心。

「大致上沒錯。不過，你冷靜點。首先，『學』並不是個好說法。你是醫族，身上早已具備這種獨特而神奇的能力，可以進入身體的各個世界。我的角色在於幫你實際練習，開發這項天賦。等這些任務完成，你就可以自己操作體內入侵，對你來說，這將有如兒戲般簡單。」

「不過，進入體內之後，我該去哪裡？該做什麼呢？」

「別急，奧斯卡，別急！我不希望你自己胡思亂想，失去方向。記住兩件事：進入身體之前，一定要先稟報長老會的成員。再來，多虧字母偵測器，大長老永遠能找出醫族在身體內的位置。」

「字母偵測器？」男孩跟著唸了一遍，一手撫著自己的項鍊墜子。

「這不重要。」魏特斯夫人說。「最後，你要知道：不可隨便進入一具身體，那不是去閒逛散步，不是讓你心情不好去散心。當醫族進行體內旅行，絕對是因為需要在那裡展現能力，治療，對抗……我說的話你聽懂了嗎？」魏特斯夫人問，直視奧斯卡的綠眼睛。「你必須遵守這些基本規則，它們能保障你的安全，在你危險的時候拯救你。而且，相信我，」她的聲音中飄過一絲陰影，「危險一定會發生。不肯相信的人，都沒能回來。」

奧斯卡想起父親；他不禁想像，父親一定寧願在戰場上高貴地死去，而非死於一場小小的飛機失事——即使，當然，死這件事從來沒有所謂的「好」理由。他感到悲傷和憤怒逐漸渲染，於是驅散這些陰鬱的念頭。

「我等不及想進入某個身體內。」奧斯卡意氣風發地強調。

「你很快就會進去的，我向你保證；但你不一定會心甘情願。」老太太回答。

「我們什麼時候開始？」醫族男孩不死心。

魏特斯夫人舉手投降。

「一個星期之後。」她說。

「一個星期之後？」奧斯卡頗為失望，「為什麼不能今天就開始？」

「因為，我已經說了，你畢竟需要先建立一些基本概念。今天你要讀一些東西。接下來的日子，我每天會給你規定其他功課。完成之後，你就能進行初體驗。除非你覺得再拖久一點比較好。」她故意激他。

「不！」奧斯卡大喊，「不要！我會完成準備的，我保證，我要把所有一切都讀通，現在，馬上！」

「那麼，在下個星期你啃完這間藏書室裡所有的書之前，我們先上樓回你房間去。我在等的那個應該已經到了。」

「若你有記憶，回答莫遲疑……」

奧斯卡和魏特斯夫人離開藏書室，穿過大廳。彭思有默契地對老太太比了個暗號，夫人於是登上階梯，來到二樓。

他們沿著走廊前行。這一次，奧斯卡小心翼翼地不奔跑；兩人一直走進房間，關上房門。醫族男孩轉身看魏特斯夫人，有些詫異。

「我們在等什麼人？」

「不，不是人，而是一樣東西。照理說很快就會到了。」

在此同時，一棵樹把樹枝伸長，掃著奧斯卡身旁的窗戶。見他完全沒反應，樹枝乾脆敲打窗玻璃。

「好像有誰找你，奧斯卡。」魏特斯夫人挑明了說。

奧斯卡猛然回頭：花園裡那棵橡樹正用盡全力撞擊玻璃，再這麼下去，窗戶一定承受不了大樹的力道。醫族男孩急忙打開窗，把兩隻手交叉放在頭上。

「嘿！停！停！暫停時間！比賽暫停！」他對出手不知輕重的橡樹說。「你知道，玻璃沒有足球堅固，或許最好還是……」

話還沒說完，橡樹卻展開枝葉，這一次不再莽撞，小心翼翼地伸到他面前。樹枝末梢掛著一個包裹，顫巍巍的彷彿快要掉下來。奧斯卡取下那個像加了保護墊的牛皮紙袋的東西，上面寫著他的名字：

庫密德斯會

奧斯卡・藥丸先生啟

信封用一個綠色蠟印封口，中央蓋上醫族M字。

奧斯卡剛好遇上魏特斯夫人的目光。

「這是什麼？」他不太知道該怎麼辦，開口詢問。「是給我的嗎？」

「照我看來，是寄給你的，不是嗎？那麼，就是給你的，你可以打開。既然交給吉祖送件，想必很重要。」

「吉祖？這是你的名字？」男孩問橡樹，「怪不得你喜歡玩足球❶！」

「應該說正好相反。」魏特斯夫人澄清。「吉祖拋出多少球，就打破了庫密德思會幾扇玻璃。所以人家才這麼稱呼它。每次射門都正中紅心！」

說著說著，她俯下身子，以便找奧斯卡借一步說話。

「我們這麼喊它另外還有一個原因：它曾經給一棵搶走它花園地位的核桃樹一記頭槌❷！相信我，對著樹幹來一記頭槌，真的很痛！」

說完後，她重新站直，高聲繼續：

「吉祖是一名傑出的守門員，讓人安心把絕不可有絲毫損傷的珍貴物件託付給它。它一直等你平安回到房間，才親手把東西交給你。你不打開嗎？」

奧斯卡迅速爬上床，把包裹放在床上，開始拆包裝。他從紙袋裡拿出一樣物品，伸長手臂，拿給魏特斯夫人看：那是一本四四方方的書，書皮以綠色天鵝絨包覆。封面正中央，一個用金絲線寫成的M字圈在圓圈裡。他放下書，正準備翻開，卻被魏特斯夫人阻止。

「奧斯卡，看見這個字母了嗎？這是所有醫族子民的基本象徵之一：醫族魔法書。在翻開之前，你必須先把它收為己有，它以後才會認識你。要達成這個目的，你一定已經知道該怎麼做……」

奧斯卡想了幾秒，解下脖子上的項鍊，把墜子放在書上，用右手掌心將它對準封面上的字母，準備按壓在天鵝絨上。

「不，奧斯卡：這一次，該使用左手。右手代表的是力量、勇氣和能力；左手代表的則是心、精神和知識。」

奧斯卡換上左手進行，字母顯現在他的手背上，彷彿有千道光芒透過他的掌心散發出來。

---

❶ 原文Zizou，是法國人對法國足球球神席丹的暱稱。

❷ 2006年世足盃冠軍戰，席丹因受言語侮辱挑釁，對義大利球員馬特拉吉的胸口一記頭槌，被罰紅牌出場，法國隊因而痛失冠軍。

「從現在起，」老太太說，「這本魔法書為奧斯卡．藥丸專有，其他人都不准使用。」

醫族男孩小心翼翼地翻開封面：整本書只有一頁，而且是空白的，完全空白。奧斯卡抬頭望向老夫人，既訝異又失望。

「可是……它是空白的！」

魏特斯夫人微笑。

「魔法書會把你向它要求的事填上去，這就是它的魔力之所在。有了這本魔法書，你等於擁有了全世界的書。只需要問他一個問題，答案就會顯現在上面。小心，奧斯卡，」老夫人特別強調：「一天只能問兩個問題。不能超過。超過兩個，魔法書就緊閉金口，你什麼也問不出來。」

奧斯卡點點頭。

「我能試看看嗎？」

「為什麼不行？」魏特斯夫人回答，「不過，你要曉得：對自己的魔法書發問時，可不能隨便。合乎規矩的咒語如下：

魔法書
若你有記憶
回答莫遲疑
別讓我相信

無望的東西」

奧斯卡一字不漏地照著老夫人的咒語唸一遍，書頁周邊開始發亮。

「現在，」魏特斯夫人說，「把左手放在頁面中央，魔法書已經在等你提問。」

奧斯卡猶豫著，魏特斯夫人微笑起來。

「當然，如果你的問題很私密，你可以在心中默想，不必說出來。」她想消除男孩的不自在。

奧斯卡集中精神，默默地向魔法書提出問題：魏特斯夫人到底幾歲？他忍住笑，把手從書頁上抽回。只見頁面仍然一片空白，完美無瑕的空白；他的好心情瞬間消失無蹤。

「唉……根本就不靈！」奧斯卡失望大喊。

「想當然耳，不管怎麼樣，你的魔法書只會回答跟你相關的問題。如果你好奇的是別人的事，或是不該好奇的事，它就拒絕回答。」

奧斯卡臉紅到耳根子。果然沒錯，他很確定魏特斯夫人能讀到他的心思。

「再試一次。」她提議。

奧斯卡再次集中精神，左手擺在魔法書上，把自從老夫人跟他提過之後就一直啃噬著他的問題問出來：我能成功進入一具身體嗎？

他收回手。這一次，有個圖像顯現在一個框框裡。最初很模糊，慢慢變得清晰；奧斯卡認出布拉佛先生的一隻狗，但很難說是勞斯還是萊斯，狗兒在庫密德斯會的大廳裡笨拙地奔跑。過了一會兒，彭思出現在框框裡。管家轉過頭來，彷彿從魔法書的另一面看見奧斯卡。男孩不由自主地後退一步。魏特斯夫人見狀，立即給他信心。

「顯現在頁面上的事物只有你看得見，奧斯卡。而且你看得見書裡的人，它們卻看不見你。」

奧斯卡重新面對書頁：彭思朝著他看，就像在注視照像機鏡頭一般。管家滿不在乎地聳聳肩，轉身離開。影像緩緩消失。

「如何？」魏特斯夫人問，「對答案還滿意嗎？」

「我根本看不懂！」奧斯卡十分洩氣。「它沒回答我的問題！」

「對魔法書，你不能像對某些人類那樣，挑選你想要的答案。魔法書陳述事實真相，而且只說它要說的和它想說的。你要學著更了解它，更懂得如何問它問題；到那時，你會覺得它的答案明朗多了。以後你就知道。」

奧斯卡闔上魔法書，對待寶物似地收進行李箱裡，珍藏在披風褶縫裡。

「今天就到此為止吧！」魏特斯夫人宣布。「我想，獎賞你好好休息一下並不為過……」

「但是……我應該要為下個星期做準備！我想回藏書室去。」男孩固執堅持。

「好吧，如果你這麼想的話。你可以在那裡再待一會兒。」魏特斯夫人只好讓步。「至於我們兩人，就明天再見囉！你還要充分休息，一定要保持活力！」

他們走出房間，下樓到大廳。

魏特斯夫人在藏書室門口跟奧斯卡道再見，彭思將她的外套和手提包遞給她。

「你可以翻閱那些同意幫助你的書。不過，別太相信那些作者，奧斯卡。他們說得比唱得好聽，但所說的話不能全部算數。」魏特斯夫人再三強調。「有一些資訊，在該有的知識尚未具備之前就讀到，並不是好事。」

「好啦，好啦！」奧斯卡敷衍回應，急著進去讀書。「我答應，不會讀太多的。」

奧斯卡一直等到她消失在屋子大門後方，才趕快走進藏書室。

彭思跟在他後面。

「布拉佛先生不會與您一起晚餐。」管家的神情語氣異常嚴峻。

「沒關係。」奧斯卡匆匆回答；他正打算請提圖斯幫忙，讓他爬到更高的書架。「反正我也不餓。」

「布拉佛先生堅持您還是要吃晚飯。」彭思說。

奧斯卡想起中餐的食物，擔心起來。

「我一個人吃？雪莉料理的？」

男孩似乎看見彭思削瘦的臉上閃過一抹微笑，瞬間即逝。

「傑利主動提議為您準備一些比較……傳統的菜。」

「呼！」奧斯卡鬆了口氣。「好吧！我可以在這裡吃嗎？」

管家的眉毛挑得好高，極度驚嚇。

「這裡？在藏書室裡？您別說笑！晚餐將於七點在餐廳進行……」

「……七點整，好，我知道。」奧斯卡自動接話。

他沒興致討價還價。現在，他只對一件事感興趣：把別人打發走，好讓自己能查閱那些他認為有用的書。彭思聳聳肩，退出房間。

奧斯卡馬上朝提圖斯奔去。他彬彬有禮地說了幾句，就得到允許爬上座椅，並摸得到書架較高的一層。但就在這個時候，桌上傳來一聲沉重悶響：《病族文選》突然攤開，波依德凌亂的字跡在空白頁上大放厥詞。

「怎麼？醫族小矮人，又來啦？整個下午跟老太婆過，你竟然沒有昏昏欲睡喔？」

「她在這裡的時候，您連一個字也不敢寫，膽小鬼！」

「哇！沒想到，這個紅毛小子，他還會咬人耶！哼，我一點也不在乎，你要自抬身價隨便你，但是，等你需要我的時候，我們走著瞧！」

「需要您？怎麼可能？魏特斯夫人的知識比您豐富，其他長老會的成員也會幫我！而且，反正也沒有人看得懂你的鬼字！」

「嘿！這種傲慢的態度我好像在哪裡遇過……你的自大跟你老爸有得拚，臭小子！」

奧斯卡原本踮腳站在提圖斯的椅墊上。聽見波依德提到爸爸，他火冒三丈，跳下椅子，往波依德的書衝過去。西西擋在醫族男孩和書本中間，奧斯卡撞上它的椅背，引發一陣玫瑰香氣。奧斯卡試著繞過西西，卻怎麼樣也辦不到：椅子的動作總是比他快一步，努力保護書本。

「我會抓到你，把你撕碎成幾千片，可惡的臭書！」奧斯卡大吼。「你看著，我要請魏特斯夫人把你燒掉！」

提圖斯也介入戰局，溫和但堅決地把奧斯卡從桌子旁槓開。西西把緞帶伸長，輕輕撲著奧斯卡的臉上，安撫他的情緒。就在這個時候，藏書室的門大開，彭思現身。

「這裡發生了什麼事？」

兩張座椅在地板上無聲滑動，回到它們的位置。奧斯卡緊張地搔著頭。西西和提圖斯幫了他一個大忙，阻止他做出天大的蠢事：如果他毀損了這裡任何書，醫族大長老一定不會原諒他。

「沒事。」他調勻呼吸，「我只是想把書擺好，但出現了點困難，因為……因為太高了。」

「放著就好。」彭思冷冷地說。「我來整理。晚餐之前，您何不休息一下？我會來通知您。」

這次也一樣，不是跟管家唱反調的時候。魏特斯夫人說得對：他必須磨練耐心，對所有事情都要有耐心。

他恨恨地瞪了波依德的書一眼。書本已偷偷闔上。奧斯卡走出藏書室，一句話也沒說。

他爬上樓梯，正打算走入通往房間的走道，聽到一個響聲，從三樓傳來。自從今天早上踏入庫密德斯會以來，奧斯卡總覺得，除了偶爾可見的幾個工作人員的身影和大長老之外，這座宅院裡似乎空無一人，寂靜無聲。他偷偷地接近樓梯口，拉長耳朵注意聽。

有兩個人在說話，音量有點大，說完一陣沉默。後來，奧斯卡認出溫斯頓．布拉佛的低沉嗓音；而另有一個說話較慢的男人聲音打斷了他。那人的嗓音尖銳，字句斷斷續續。

奧斯卡往上登了三階，專注聽那個人說話；聽著聽著，又躡手躡腳再爬幾階，心跳得好快，終於到了三樓的樓梯平台。這裡也一樣，裝潢都採用醫族的標誌：綠色和金色，到處都是。他隨著談話聲音往前，愈聽愈清楚，來到一道陰暗走廊的入口。他猶豫了一下，拿出項鍊墜子，往前伸直手臂。光線四射，照亮狹長的走道。許多M字灑落在壁毯上，同樣散發光芒。

「您是什麼人？」一個女人的聲音響起。

奧斯卡當場嚇得跳起來，轉頭四處觀看。沒人。他僵在原地不敢動，連吞嚥口水都覺得困難。

「您是什麼人？」女人又問了一次。

這一次，奧斯卡抬起眼，跟在二樓一樣，他發現一個石膏頭像，擺放在牆上的凹室裡，位在走道入口一個木框上方。凹室下方的牆上有一塊金牌，奧斯卡讀出刻在上面的字：羅妲．羽翼。羅妲的表情比賽蕾妮亞嚴肅，看起來也比較老。

「日安，」他怯生生地說。「我是奧斯卡，奧斯卡．藥丸。」

打招呼的同時，他並揮動鍊墜，字母短暫地顯現綠寶石的光。

「您的字母和溫斯頓的相連，」羅妲說。「可以通過。」

奧斯卡點頭向雕像女士道謝，進入走道，來到一扇雙扉門前。他猜想得到，雕花的木頭門板後方，大長老和客人正在談話。

他把鍊墜塞回T恤下，長廊又陷入一片幽暗。奧斯卡把耳朵貼在門板上，試圖多打探一些關於那名陌生人的事。

「……黑魔君逃獄獲得自由，這是個可怕的消息，溫斯頓。」

「我深信不疑。」醫族大長老回答，沒有辯駁。「您來看我就是為了說這件事？」

「不。自從上次的至尊長老會議之後，我得知您想法正確，決定動員所有我族力量，包括年輕的醫族孩子，他們將成為未來的部隊。因為，我們不會永生不死，溫斯頓，這一點您跟我一樣清楚，即使我比您年輕多了。」

陌生人說這些話時，語氣更加尖酸刻薄。連奧斯卡都覺得不舒服。

「您得到的情報很正確，我的確打算借助所有醫族的力量，就連最年輕的也不例外。」布拉佛不慍不火地回答。「而我會負責要求他們出面幫忙，您別費心了。」

對話中斷，一陣短暫的沉默之後，陌生人又開口了。

「您知道，我一直為了醫族的利益努力工作，盡我一份微薄的力量……同時也是為您好啊！溫斯頓，既然您是全族大長老嘛！」

說最後幾個字的時候，那聲音拖得老長，彷彿刻意夾帶一絲酸味。

「謝謝，弗雷徹，您對醫族及我們的戰鬥奉獻良多，我從不懷疑。您對我的忠誠也一樣。」

陌生人趁著他說完話的停頓繼續說：

「您是否……對您要徵召的人選已經有確切的想法？我可以幫您找出他們，甚至監督，啟發他們。我掌控著一個少有人進去冒險的世界，您知道的……」

「我知道，您的天分在適當的時候是非常珍貴的。沒有那麼急，」布拉佛沒說真話：「黑魔君還沒到讓我們擔心的地步……」

「您真的這麼確定？」陌生男子問道，再次很有把握地諷刺。

「但願我是對的。對您而言，對我們而言……對全世界而言。」

大長老的聲音比平常更沙啞，更低沉，在門板後那整個空間迴盪，奧斯卡一時之間以為是在他耳邊說的。他聽見一陣聲響，是座椅移動的聲音：溫斯頓站起身，打算結束這場晤談。奧斯卡連忙後退，不走不行了，要趕在門打開之前離開現場。

來不及了：一隻冰冷的手搭上他的肩膀，把他嚇了一大跳。

奧斯卡轉過身，摔個四腳朝天。一個瘦長恐怖的身影從他上方逼近，命令他站起來。

「現在馬上回到您的房間！」彭思毫不避諱地說。「這裡沒有您的事，這裡是布拉佛先生的私人寓所。」

這一次，奧斯卡不多囉嗦，即刻照辦。他站起身，一直跑到樓梯口，不要幾秒鐘就衝下樓去。他通過賽蕾妮亞．羽翼看守的陰暗走道，推開房間門，隨即乾脆關上，幾乎喘不過氣來。

他花了好一陣子才調回呼吸，頹坐在床上。

溫斯頓．布拉佛到底跟誰談話？那個尖銳的聲音屬於什麼人？為什麼如此神秘？但是，說不定其實他會錯意了：彭思規定他回房間，或許只是避免他被在大長老寓所裡的神秘客撞見……醫族男孩想起大長老的話，以及長老先前特地給他的指示：低調。庫密德斯會的存在絕對要保持機密。根據布拉佛先生的說法，這關係到自己和家人的安全。

奧斯卡於是想起媽媽和姊姊：他已經開始思念她們了，尤其在天色漸黑的時刻。一個人在這寬敞的房間裡，他有點茫然，忽然間感到非常孤單。他坐在行李箱上，把頭埋在雙手裡。他撐得住嗎？他覺得週末彷彿無限遙遠，真想現在就到星期六，可以回去和家人好友團聚，回到巴比倫莊園那單純，活潑，熱情的氛圍裡。

父親的影像也浮現在他腦海，還有波依德那行字。你的自大跟你老爸有得拚，臭小子！那個該死的波依德知道些什麼？到底誰能來告訴他真相？

真相……沒錯！魔法書！他怎麼沒有馬上想到？今天他只詢問了魔法書一次，而魏特斯夫人跟他說過：他有權提兩個問題，也就是說一天得到兩次解答機會。

他連忙翻找行李箱；他始終尚未把箱子裡的東西拿出來整理，現在則把最上層的衣物丟得到處都是，總算小心翼翼地取出綠色披風。奧斯卡把披風放在床鋪上攤開，原先收藏在天鵝絨褶層裡的魔法書露了出來。他輕輕撫摸封面，觸碰鍊墜，給自己打氣，猶豫地翻開書本。

臨近自己等待了多少月，甚至或許該說，多少年的那一刻，他卻突然被恐懼糾纏。奧斯卡下定決心，將左手放在空白頁上，開始聚精會神。那套咒語是怎麼唸的？喔！有了，他憶起那些字句，高聲唸出，聲音平穩不顫抖。

魔法書
若你有記憶
回答莫遲疑
別讓我相信
無望的東西

接著，多年來反覆思索的問題，想必一直被刻意隱瞞答案的問題，他終於說出口：「魔法書，你能不能告訴我，我父親出了什麼事？他叫維塔力．藥丸，是醫族裡的名人。」奧斯卡按捺不住激動和驕傲，補上一句。

他收回手，熱切地注意觀看頁面。

他看見一個男人的輪廓現形，是他每天晚上從照片上看的那人：他的父親，高大，強壯，跟他一樣一頭紅髮，跟他一樣眼睛湛藍。

維塔力．藥丸奔跑著，披風飄蕩著，腰間繫著戰績腰帶；奧斯卡注意到，五個皮囊散發出光芒。

一道黑影覆蓋在如電影般播放的影像上，維塔力揮舞鍊墜，光影閃爍。漆黑中顯現一個看不出面貌的男人。那人與奧斯卡的父親一般高，從頭到腳一身黑，只有衣領是紅的。黑衣人的眼裡流出血水，用一隻手摀住臉。那隻手從臉上移開之後，變成一支火把。燃著火焰的手不斷變大。這個畫面消失，維塔力再次出現，手臂伸得長長的。手臂上盤繞著兩條蛇，此時鬆解開來，彈躍到黑衣人身上，男人倒下。

黑影再次佔據影像。畫面重新出現時，維塔力站立著；披風不見了，腰帶也不見了，面對六個人，奧斯卡只能看見他們的背影。

影像再次消失；頁面上顯現奧斯卡的父親，躺在一個陰暗的地方。

幾秒鐘之後，奧斯卡認出母親賽莉亞。她身穿黑色喪服，滿臉是淚。魏特斯夫人的面孔在後方出現，還有溫斯頓．布拉佛兩人也都神情悲傷，橫越頁面。

最後一個影像是一副棺材，上面覆蓋了烙著金色字母的綠色天鵝絨。一個女人，原來是賽莉亞，突然一把扯下蓋棺布。奧斯卡從來沒見過母親這副模樣：狂怒與絕望似乎將她逼瘋。

然後，書頁恢復當初的一片空白。

奧斯卡這才發現：在魔法書播現影像這段時間，自己一直屏氣凝神，不敢呼吸。他闔上書本，頹倒在床上。

他把最初幾個畫面和來到庫密德斯會後探聽的父親訊息聯想在一起：毫無疑問，戰鬥之中，維塔力對抗的不是別人，正是病族大長老。不過，他沒辦法認出維塔力是在哪一座廳裡獨力與六名敵人作戰，也不知道後來父親臥倒的那個滿佈灰塵的骯髒地方在哪裡。但是，他看見了棺材，也看見母親傷心欲絕。以前給他的說法是爸爸死於飛機失事，但魔法書一次也沒提到這碼事……

即使事態尚未完全明朗，到目前為止，情勢的發展與當初他們試圖說服他的說法也不太一樣，但現在可以確定，爸爸的死與醫族的特殊能力有關。父親背負了什麼樣的任務？他是否和黑魔君一樣，曾被敵人囚禁俘虜？是不是死在那個地方呢？

奧斯卡站起身。他必須再次詢問魔法書，用另外一種方式詢問，好讓它播放這些相關影像！他非要再多了解一些不可……但他翻開書也沒有用。書頁始終不語，跟魏特斯夫人說的一樣：一天兩個答案，奧斯卡。多了沒用。

他只好作罷，認命地把魔法書和披風收進行李箱。他輕輕撫摸戰績腰帶，腰帶自動浮起，然後乖乖落在箱子最底部。不久後，他說，不久後，我就會把你繫在腰上。

他才剛關上行李箱，就聽見有人敲門。

彭思沒等奧斯卡說好，就逕自推門進入。

「晚餐已經準備好了。」

奧斯卡吃得很少，儘管傑利不斷嘆氣和惋惜：廚師可是費盡心思，嘔心瀝血，才做出這個世界上最大的三明治！絞肉排，黃瓜，番茄，酸黃瓜，醬汁，沙拉葉，乳酪，還有一大堆奧斯卡認不出來的食材。全部加在一起是很美味，不過他的嘴實在不夠大。

「好吧！奧斯卡少爺，您同意吧？」最後傑利只好安慰自己：「要是把這麼好吃的三明治擺到壞掉，真的非常可惜，對吧？」

「對啊！」奧斯卡把盤子往傑利的方向推。「我完全同意！吃吧！這真的很好吃，只是我不餓了，只是這樣。」

「我會再替您做很多三明治，一言為定。」司機先生已經咬住了沙拉葉。

奧斯卡站起身，彭思卻拉住他。

「您不能把魔法書放在自己的房間。它必須跟其他書一起在藏書室過夜。這樣，他才能充實資訊，給您更正確的答案。」

「不！」奧斯卡可憐兮兮地說，「我比較想親自保管它。」

他的如意算盤是等明天的第一刻鐘來臨，就馬上對魔法書提出詢問。

彭思的態度十分堅決。

「我只是把指令傳達給您罷了。布拉佛先生下的指令，當然。」

奧斯卡瞪著管家半閉著的瞇瞇眼。這番鬼話，他一點也不相信，但是沒有選擇。剛才，彭思當場逮到他偷聽大長老談話，現在多說無益，更不必費力氣頂撞。

「好嘛！」奧斯卡萬般不甘願地妥協。「但是，要由我自己來把我的魔法書放到藏書室裡。」

他希望藉此把魔法書好好藏起來，不讓任何人在今天晚上碰到它，然後，明天一早，他就去拿回來。彭思點頭答應，退出餐廳。

奧斯卡上樓回房間，取出魔法書，緊緊抱在胸前，再下樓去。

他一路溜到藏書室，登上提圖斯的椅墊。正當他要把書擺到書架上時，突然興起了個念頭。他抽出茱莉亞．賈柏的資料袋，爬下椅子，離開書架，把資料夾打開。

「抱歉打擾您，茱莉亞，但我想，我需要您的幫助。」

蝴蝶頁的一角逐漸佈滿細緻工整的字體。

「日安，奧斯卡少爺。您一點也沒打擾我，正好相反！我能為您做什麼？」

「能不能讓我拜託一件事？這件事很重要，甚至，對我來說，極度重要。」奧斯卡低聲坦承，同時注意防備書架上其他的書，尤其是波依德那一本。

「拜託我一件事？什麼事呢？」

「我想把我的魔法書放在您的資料袋旁邊，請您好好保管。會不會太麻煩您？」

「一點也不！我很樂意，甚至感到很榮幸：可以與維塔力．藥丸之子的魔法書並列！」

一時之間，奧斯卡覺得似乎連頁面也臉紅了。

「謝謝您，茱莉亞！明天，能多早來我就多早來把它拿回去。」說著，他闔上資料夾封面。

奧斯卡立刻把資料夾放回原位，並悄悄把薄薄的魔法書放進茱莉亞．賈柏的欄位格裡。

正當他要離開藏書室時，一陣嘈雜逼得他不得不回頭：《病族文選》又在書架上躁動搞怪。

奧斯卡決意無視它，但他也已逐漸了解波依德的個性：如果奧斯卡沒理他就逕自離開，那傢伙一定會大吵大鬧，絕不善罷甘休。醫族男孩嘆了口氣，只好讓步。

他把沾了汙漬的精裝書一把抓下來，打開書頁，視線轉向其他地方。

「你儘管自艾自憐吧！小子，不過，你玩什麼把戲，我可是看得一清二楚！」比利．波依德用歪七扭八的大寫字體高喊。

「喔？是嗎？」奧斯卡滿不在乎地回答。「我玩把戲，什麼把戲？」

「誰曉得你做了什麼？但我看見你剛剛在那堆書裡亂翻，喏，就在下面那排書架。」

奧斯卡聳聳肩。

「那又怎樣？我想讀多少書就讀多少書！」

「別想糊弄我，這招對比利．波依德可不管用！」

「好啊！這傢伙假如真的那麼聰明狡猾，就讓他自己猜出答案吧！何必問一堆問題？！」奧斯卡啪的一聲闔上書本。

他把盡全力鼓譟個不停的書本放回書架上，跑出藏書室，頗得意自己總算成功地堵死他的嘴。

奧斯卡旋風般地離開藏書室，往大理石雕像跑去……在大廳中央迎面撞上了一個男人。他跌了個四腳朝天，好不容易抬起頭。

「抱歉，先生，我剛剛沒看見您……」

男人彎腰打量他。奧斯卡坐在地上，遇上他的目光，立即感到一股壓力，這眼神似乎讓他想起某件非常不舒服的事。

「哎呀呀！」語氣尖酸的男人說，「庫密德斯會來了個小男孩，這還真奇怪。」

彭思連忙跑來，伸出鐵一般的手腕把他拉起來。第一次，奧斯卡察覺到管家暴露極度的緊張。

「快上樓去！」他在奧斯卡耳邊悄聲說。

但這一次，奧斯卡不肯按照指令去做。他認出那個晚餐時間之前跟布拉佛先生談話的聲音。現在，他終於能把聲音連結到一張臉上。細長的眼睛烏黑黯淡，皮膚蒼白無血色，灰白短髮小平頭：沒有一個地方順眼。

「您沒受傷吧？沃姆先生？」彭思問，他盡可能地擋在奧斯卡和男人之間。「這個男孩剛開始在這裡工作沒多久，還笨手笨腳的。」

弗雷徹．沃姆一手推開管家，想更仔細觀看奧斯卡的模樣。

一個聲音響起，在整座廳內迴盪，伸出援手，替男孩解圍。

「再度造訪，有何貴幹？」

溫斯頓．布拉佛走下樓梯，來到他們旁邊。

「我的背包，親愛的，我忘了我的背包。」男子微微一笑，目光並未從奧斯卡身上移開。「不過我倒不懊惱，因為這樣我才有機會認識這位年輕人，他都還沒自我介紹呢……難道您在短短的時間內就改變了主意，溫斯頓？這個男孩該不會是少年軍團的一員吧？」

「是我的姪子。」布拉佛斬釘截鐵地說。「他到我家來住幾天。」

弗雷徹．沃姆總算轉移目光，抬起眼來看身材魁梧的大長老。布拉佛整整高出他一個頭。

「您的哥哥有兒子？很高興也很訝異得知這個消息。我還以為他沒結婚呢！讓我這麼說好了，」沃姆還補上一句：「我根本不知道他還活著！」

溫斯頓．布拉佛狠狠瞪他一眼。

「是一個遠房姪子，假如您那麼想知道的話。」

頭一次，宅院主人轉身面向奧斯卡。大長老深沉的目光裡滿載憤怒與責備，男孩感到彷彿有一大塊水泥壓在自己身上。

「或許正因如此，他長得跟您一點也不像啊！而且，說真的，他倒讓我想起另外一個人。是誰呢？值得研究研究。」

「沒錯。」布拉佛冷若冰霜地說：「請您去研究研究。」

沃姆正想反唇相譏，彭思已搶先一步插話：

「您的背包，沃姆先生。」

男人粗魯地抓過皮製背包，點了點頭。

「我們很快會再見面，溫斯頓。」

他轉頭看奧斯卡，對男孩微微一笑，然後在彭思的陪伴下離開。

溫斯頓．布拉佛一直等到聽見關門聲，才低頭盯住奧斯卡

「這麼晚了，你在這裡做什麼？」

「真對不起！我剛從藏書室出來，我去把我的魔法書放好，然後——」

「魔法書輪不到你來放！」布拉佛咆哮如雷。

他轉身盤問管家。

「彭思，這是怎麼一回事？您太讓我失望了！」

彭思朝奧斯卡陰森地瞪了一眼：都是他，堅持要自己把魔法書拿到藏書室擺放。

「我很抱歉，先生。」管家只能這麼說。「下次絕不再犯。」

「弗雷徹．沃姆偏偏不是個笨蛋。他很快就會知道你是誰，奧斯卡。而我記得今天中午我已經把話說得很清楚：我不希望任何人知道你在庫密德斯會的事，就連長老會的成員也不例外。你並沒有聽懂。」

奧斯卡點了點頭，有種生不如死的感覺。

「當然有聽懂，先生；但是——」

「沒有什麼『但是』！」布拉佛怒吼。「這裡有這裡的規矩，你必須遵守，就是這樣，沒有二話！我說得夠清楚了嗎？」

奧斯卡不敢說話。整座房子陷入一片死寂。

布拉佛轉身離開，沒再瞧彭思和奧斯卡一眼。走到樓梯口時，他背對著他們，打破靜默：

「直到我改變主意之前，你都不准再碰那本魔法書，奧斯卡。這也一樣，是我的命令。」

奧斯卡感到不知哪裡被緊緊揪了一下。但他沒有選擇，只能接受。

「現在，上床去！」大長老下令。

五界球儀

奧斯卡在庫密德斯會的第一夜過得特別不安穩。魔法書所顯現的影像佔據他的夢境，黑暗裡處處冒出棺材；只要他一閉上眼，賽莉亞的絕望悲傷就迎面撲來，無止境地一遍又一遍。

隔天早上，他很努力很努力，才總算沒有時時刻刻打呵欠，集中注意力去聽魏特斯夫人說的話，別讓思緒飄得太遠……

「孩子，」老夫人著急起來：「我在想，我們是不是該把課程延後。你看起來累壞了。」

「不，不！」奧斯卡嚷著，卻氣如游絲，「我元氣十足，我跟您保證。我想盡早進入體內！我必須知道如何把自己縮小！」

魏特斯夫人被奧斯卡的天真無知逗笑了，忍不住噗哧。醫族男孩挺直身子，有點惱怒。

「誰說要縮小啊？奧斯卡？完全不是那麼一回事！身體根本不是你所以為的那樣，也不是你在學校所學到的那樣。體內入侵，並不表示要縮小自己進入身體！」

老夫人站起身，小心地拿起阿爾逢思的牛皮裝幀古書。她翻開書，對貴族老祖先說：

「親愛的朋友，請容我借助您的力量，教育這個年輕人。」

「我心大悅啊！貝妮絲，欣喜若狂！我能為您做什麼呢？僅以我有限的一點歷史知識供您使喚吧！」侯爵的語氣中不無感傷。

「我很想為奧斯卡揭開五個體內世界的面貌，而圖解比任何講解更清楚有效。您是否願意把您書裡那張十九世紀的精妙繪圖展示給這個年輕人看？拜託您！」

老祖宗以行動代替回答：《醫族傳奇史詩——從中古世紀到當代》自動闔上，隨即打開，書頁嘩啦翻動，彷彿有一陣風吹拂掃過，翻到其中特定的一頁，終於停下。這張摺頁比其他紙頁厚一些，展開一次，再一次，然後許多次，直到整張頁面攤開，好大一張，佔據了不止半張桌面。

奧斯卡驚訝地走近觀看，那簡陋的版畫簡直令他大失所望：地圖上只有一顆暗綠色的大球，中央有一個字母，周圍則有五個陌生的名字。

然而，漸漸地，有些顏色出現了。

於是男孩專注觀察細節：球體開始閃爍，畫功非常完美，讓人感覺球面有高低起伏；而若用手撫摸頁面，則摸得出圓弧。畫面最前方，球體前面，奧斯卡毫不費力地認出醫族的M字金環。這個金環也是，看起來比實體鍊墜還要逼真，閃耀著無與倫比的光輝。

魏特斯夫人輕撫羊皮紙頁，球體開始旋轉，跟奧斯卡在奇達爾街家裡書桌上的地球儀差不多——奧斯卡已把所有年老之後想去的國家都圈點標記出來。他甘拜下風，心悅臣服地讚嘆這張地圖。

「阿爾逢思，」老夫人說，「我都忘了這張五界地圖有多麼精美漂亮！真是一幅曠世傑作……」

侯爵想答謝這位知音，卻不敢在這幅藝術品上書寫，只輕搖書本，表示同意。

「奧斯卡，」魏特斯夫人說，「這張地圖將帶領你去探索體內五界和一些管道。透過這些管道，醫族，以及，很遺憾的，病族也是，能從一個世界進入另一個世界。」

奧斯卡驚訝地抬起目光。

「可是……魏特斯夫人，我只看到一顆發亮的綠色球體呀？」

老夫人笑而不答。她拿起自己的鍊墜，放在球體中央的M字上方。兩個字母之間產生一道光束。魏特斯夫人慢慢地將中央的字母往球體周圍的其中一個名稱挪移。

球體停止旋轉，鮮活起來：奧斯卡眼睜睜地看到，不過幾秒鐘的工夫，上面出現風景，人物和各種運行動作，有了生命。

「這是第一個世界。」老太太講解。「黑帕托利亞。名字源自於這個世界中央的一座高山。這個世界大部分都在地底，有各種工廠，隧道，溝渠，廊道，和又深又大的洞穴，裡面住滿種種生命，拚命工作，始終暗無天日。這是一個嚴苛沉重的世界啊！奧斯卡。」

「他們在工作？做些什麼呢？」

「將營養轉變成能量，供全部的五個世界使用。黑帕托利亞中的山脈及其巨量礦產對體內世界的子民來說，絕對不可或缺。」

她再次把鍊墜放在地圖的M字上方，壓著它滑到右邊，到第二個名稱的位置。球體上，黑帕托利亞彷彿幻影一般消失無蹤，把位置讓給一片平坦延伸的陸地和波濤洶湧的海洋。

「現在出現的是兩國世界，奧斯卡。第一個國度是氣息國。它有廣大茂密的草原，反方向的風拂掃而過。」她說著，用手指著地圖上遼闊的區域。我們很少去那裡冒險，有些人信誓旦旦地說，那種風會讓人發瘋。的確有很多醫族到了那裡就迷失了自己。好吧，有些人啦！值得懷疑他們是不是在去之前就已經瘋瘋的，不過，總之……必須先穿過草原，才能抵達第二個國度，幫浦國，宇宙搏跳的海底洞穴。

「幫浦？」奧斯卡把這個名稱重複說了一次，一頭霧水。

「也就是你藏在這裡的東西。」魏特斯夫人指著奧斯卡的胸膛回答：「心臟。」

奧斯卡沿著桌邊走，想把將魏特斯夫人講解的內容變為影像的版畫看得更清楚些。一道光芒從藏書室的窗子透進來，照亮球儀，球體表面上波光粼粼。醫族男孩想起跟賽莉亞和薇歐蕾共度假期的海邊。球儀上的海洋有一個特色：大海規則鼓動，在海面上製造出的浪潮往四面八方擴散，類似他玩遊戲，把小石頭丟進水裡那樣。這片海洋似乎不是那麼好玩，在他看來，這個海域甚至跟五界裡的一切一樣，危險，神秘，卻對他深具吸引力。他向來如此，好奇心總能戰勝恐懼。

「氣息國和幫浦國一起形成第二世界？」奧斯卡發問。這些示範讓他深深著迷。

「是的。」老夫人說，「在幫浦國和鮮紅海之外，有通道連結第三世界，安布里耶。」

奧斯卡連忙掏出他的鍊墜。

「拜託，可以讓我把它顯現出來嗎？」

他不等回應，逕自把鍊墜疊放在地圖的字母上。躍躍欲試的心情一下子就被潑了冷水：怎麼樣也無法把字母往球體旁的第三個名稱挪動。他轉頭望向魏特斯夫人，氣惱極了。

老太太微笑。

「沒有用的。」她說。「你辦不到的。只有曾經在那個世界旅行過的醫族才能令它顯現在地圖上。」

奧斯卡收回鍊墜，十分失望。魏特斯夫人趁機接手：只一個動作，第二個世界的草原和汪洋逐漸模糊，第三個世界具體成形。

奧斯卡彎下身來，注意觀看地圖上的新布景，這才發現之前的驚訝都不算什麼：這一次，球體裡包含了另一個球，體積較小，旁邊也圍繞著同樣的五個名稱。內部的球體彷彿飄浮在一個朦朧的世界裡，他好像透過一層蒙了霧氣的玻璃觀看。

「五個世界聚集在一個裡面？」男孩大感驚奇。

「非常正確，奧斯卡。」魏特斯夫人誇讚他。「安布里耶是一個神秘的世界，關乎誕生與孕育……因此，地圖呈現出一個小孩體內的五個世界，位於母親的安布里耶世界之內。也正因如此，安布里耶是一個複雜的世界，有許多內部通道。像你這樣缺乏經驗的年輕醫族，不該進入其中，或迷路誤闖……」

「可是，這樣的話，男性的體內就沒有安布里耶世界囉？」

「這個嘛，呃，這麼說好了：男性的身體裡有另一個更複雜一點的世界，該怎麼說呢……現在還不到詳細說明的時候，奧斯卡。再過一陣子，晚一點，拿出一點耐心好嗎？！」

魏特斯夫人顯得十分尷尬，趕忙把M字挪開，趁奧斯卡來不及好奇，強迫她解釋那些「細節」，就先讓地圖顯現第四個世界。

「這裡是傑內提斯，」她說，興致比先前還更高昂。「這個世界裡，科技尖端發達，是一座超級完美的資訊中心，寬廣遼闊，連結繁複，朝另外四個世界發散。這是一個資訊交換中樞，有點像一具巨大的電腦主機，幾乎各處都有子機。我坦承，這個世界最吸引我，是我最專精的領域。在醫族至尊長老會裡，這個世界由我來負責。」

「您？」奧斯卡衝口嚷嚷，「資訊專家？」

他不禁笑出聲來，但一看見魏特斯夫人板著臉孔，連忙改口：

「抱歉，」他說，「我的意思是，不，這件事並沒有真的那麼令人驚訝，並沒有什麼特別理由，呃……但是……這表示每個世界都有一位專家，由長老會成員來負責？」

魏特斯夫人的嘴角又掛上淺淺的微笑，眼睛朝奧斯卡斜睨，大人不記小人過：

「完全沒錯。順道一提，你之後會有機會認識他們，讓他們跟你說明各自的世界：黑帕托利亞對莫倫來說有如囊中之物。英勇又具改革能力的阿力斯特·麥庫雷曾橫越逆風草原好幾次，並深潛到幫浦國的洞穴裡。最後安布里耶和其位於母體世界中的小世界，對安娜瑪莉亞·崙皮尼而言，沒有任何秘密。」

奧斯卡轉身看那張愛攻擊他的椅子，馬基維利：

「坐那張椅子的那一位，他最熟知的世界是哪一個？」

魏特斯夫人把字母挪到地圖上的第五個世界，最後這個名稱位於球儀頂端，球體的顏色由綠轉黑。但這一次，地圖沒有變形，沒有任何風景，不見絲毫生命跡象。閃電不時劃過，宛如流星。

「奧斯卡，要進入第五個世界冒險，一定要拜弗雷徹·沃姆為師。賽瑞布拉，腦的世界。」

老夫人的語氣變得比較沉重，彷彿憶起了某些紛亂痛苦的事情，思緒一下子黯淡了下來。趁著她還沒來得及轉移話題，奧斯卡問了他最在意的問題：

「夫人，為什麼球體始終漆黑一片？」

「因為，對許多醫族而言，賽瑞布拉是一個神秘未知的世界，大部分的人只進去過一次。在繪製這張地圖那個時代，我們對那個世界知道得太少，根本畫不出來。即使到了今天，也不過比以前多知道一點點……」

「我倒很想進入第五個世界。」奧斯卡說著，手指撫過陰暗的球體表面。

在此同時，他感到手指被啄痛，不得不立刻縮回。魏特斯夫人似乎什麼也沒注意到，他忍住沒告訴她。他擔心說了之後，她會反對讓他進入體內旅行，而他一心想做的只有這件事。

「哇！這個年輕人，無論哪裡都想去！」老夫人打趣說。「但你必須抑制這股衝勁。要知道，凡事有其順序，初次造訪某個世界時，一定要先去過前一個世界。」

「必須通過連接道才能進去，是嗎？」

「的確如此，沒錯。但是，最重要的是，必須先拿到前一個世界的戰利品……」

「所謂戰利品是什麼玩意兒？」

「是你必須從每個世界帶回來的東西，必須保存好，隨身攜帶。」

「腰帶！」奧斯卡突然喊起來。他終於明白父親那條腰帶的用途了：五個皮囊，用來存放那五個戰利品！

魏特斯夫人點頭表示正確。

「看得出來，你母親盡到了她的責任：你曉得戰績腰帶這項道具。」

「爸爸那一條腰帶在我的行李箱裡。」奧斯卡說，驕傲極了。「還有披風也是。」

「非常好。」魏特斯夫人說，「但艱難的還在後頭：也就是說，把這條腰帶裝滿。五個世界，所以，要集滿五項戰利品，你才能成為一個合格獨立的醫族。奧斯卡，想完整擁有醫族能力，這是不可或缺的條件。」

奧斯卡正張開嘴，魏特斯夫人卻立即阻止，不讓他多說半個字。

「夠了，好奇寶寶，你的問題太多了！你不可能在第一天就知道所有事，這是必然的。我已經告訴過你：等進入了體內，你那許許多多的問題自然會得到解答。」

奧斯卡只得放棄。就在這個時候，他聞到一股焦味，透過T恤傳出來。他什麼也沒做，但脖子上的項鍊卻自動脫離，鍊墜緩緩升起，直到地圖字母上方，往第五個世界滑動。奧斯卡下意識地伸手去抓鍊墜；觸碰之後，竟引發一道炫目的光線。醫族男孩轉頭撇開：魏特斯夫人在對他說話，但聲音聽起來好遙遠，不久之後，四周靜默死寂。

周圍的一切都不見：只剩球儀，逐漸在表面上組成影像。一張張似曾相識的臉孔瞬間閃過，隨即消散在一片一望無際的灰色沙漠裡。幾座高聳巨塔平地竄出，咄咄逼人，然後又消失。地圖上裂出一條條紋路，閃閃發亮。接著，一些聲音從乾燥的土地穿出，傳入他的耳朵，但全都難以辨識，無法理解。

再接下來，什麼都沒有了。

背部一陣劇烈疼痛，逼得他把眼睛睜開。迫在他面前的，是魏特斯夫人鏡片下方的綠色眼睛。

「奧斯卡？你聽得見我說話嗎？奧斯卡？」

「嗯。」男孩囁嚅回答。「發……發生了什麼事？」

「我想，第五個世界比你想像中的更吸引你……幸好阿爾逢思把地圖闔上，否則我們恐怕沒辦法把你拉出來！結果，你就往後摔個人仰馬翻了。」

她停頓了一會兒，才敢把在心裡七上八下的那個問題問出來。她希望奧斯卡把這詭異的一刻全部忘記，卻又不願意讓他擔心或反而引他注意。奧斯卡從地上爬起站好。

「你有什麼感覺？」她若無其事地發問。

「我……其實，我不太曉得該怎麼說。我看見一些奇怪的影像，一座沙漠，幾座高塔，甚至聽到一些說話的聲音，可是我什麼也聽不懂……」

奧斯卡俯身看著公爵的書，顯得興致盎然。

「我還以為我不能用自己的鍊墜顯現一個世界呢！」

「想必是因為大長老把你的鍊墜跟他的做了連結。」魏特斯夫人說。她沒再多問，以免節外生枝。「好了，今天，我們的課就上到這裡。」

她小心翼翼地闔上歷史論述，轉身對徒弟說：

「午餐時間馬上到了。你要不要先上樓去休息一會兒？我們下午再繼續，那時候你應該會比較有精神。」

雖然世界球儀的展示生動精采，但奧斯卡也的確十分疲累，並沒有提出相反意見。他點點頭，走出藏書室。

奧斯卡才關上門，阿爾逢思公爵的書就開始表態。魏特斯夫人低頭閱讀空白頁。

「親愛的，您跟我一樣，都注意到了吧：第五個世界簡直已強行植入那個孩子的腦袋。」

「我知道，阿爾逢思。」

「您不擔心嗎？」

魏特斯夫人回答之前先沉思了一會兒。

「不，我的朋友，不，我並不擔心。跟您老實說吧！我甚至在想，這可能會讓我的信念更加堅定。祝您有個美好的一天，阿爾逢思。」說著，她把書本放回書架上。

一週平安無事。奧斯卡注意遵守大長老訂下的每一項規矩，對他來說，這可並不容易做到。但現在，就連屋子裡的僕人都很難察覺他的蹤影。至於魔法書被沒收的事，在最初幾天，他幾乎都快忘記了：其實，早知道的話，奧斯卡甚至寧可自己沒向魔法書提出那個問題。每天晚上都要驚醒好幾次，他真的累壞了。現在，他全心期待週末到來，好讓他回去跟家人和鄰居好友團聚。

星期五下午真是個幸福無比的好日子！媽媽早在庫密德斯會大門的雕花鐵欄杆前等他，他投入媽媽的懷抱。賽莉亞不想進到宅院裡，避免再見到布拉佛先生，翻攪深埋在心底的痛苦回憶。她知道，一點點星火即足以燎原。她不想再受那種折磨。

奧斯卡搖晃行李箱，放進小車冬妮特的後座，請媽媽發車，要開得像龍捲風一般，沒回到奇達爾街之前不准停車。

他花了一個小時，試圖對媽媽和姊姊描述在庫密德斯會這一星期的生活。但是，太多事情擠在一塊兒，到後來全都混成一團。薇歐蕾乾脆輕輕哼起歌，眼神飄向別處；媽媽則建議他先休息一下，稍後再繼續講；就連他自己也很快就放棄了。

他跨上腳踏車，騎遍巴比倫莊園的大街小巷，用力呼吸讓他童年充滿芳香的千百種味道。他深深領悟到，直到現在，在他的家庭和家園之外，圍繞著他的這一切，對他來說有多麼重要。

騎車經過了所有鄰居家的廚房或花園之後，奧斯卡碰上一大群人聚集，他只好雙腳落地下車來。他鑽到人群前方，發現傑瑞米正在高談闊論，而不管他胡說些什麼，觀眾個個聽得津津有味，深受吸引。

「各位女士，各位先生，傑瑞米雜貨市集再出新招！庭園造景團隊到府服務！您想擁有鄰居那種花草？他家的花比較漂亮，您想跟他交換？借助巴特的胳臂和傑瑞米的品味就對了！」

放假之前，愛爾蘭小子已經當面對奧斯卡提過這個新主意。傑瑞米和巴特緩緩走進一座院子，種下幾株花——跟隔壁人家一樣的品種。這位鄰居被人抄襲，氣得要命，馬上請傑瑞米來替他更換花草。狡猾的小子挖起這家的花草，小心保存，再種到別人家去……然後再換一家，以此類推！到頭來，巴比倫莊園一半人家院子裡的花草都被兩兄弟更換。這兩個傢伙沒花半毛錢成本，只不過拿這家的花種到別人家，就大賺了一筆……

奧斯卡搖搖頭，不禁笑出聲來。傑瑞米瞥見他，招手要他過去。

「同時，我很榮幸地向各位宣布，全校最優秀的學生，奧斯卡．藥丸，將加入我們，一起運作雜貨市集，以最周詳的方式設想，為各位提供最佳服務！」

幾個人鼓掌叫好，隨後，人群逐漸散去。奧斯卡根本來不及辯白。

「好了，你這星期跑哪兒去了？」傑瑞米高聲嚷嚷。再見到同班好友，他真心高興極了！

「去了……一個叔叔家。」奧斯卡沒忘記大長老的規定，於是扯了個謊。

他多想跟好朋友分享那些經歷啊！但是，奧斯卡太了解傑瑞米：他跟哥哥巴特不一樣，一定守不住秘密，更何況是庫密德斯會這樣的天大機密。說不定傑瑞米會溜進花園，砍下吉祖的枝枒，種植養大，然後當作家用門神，或者足球守門員販售！

「而且，下個星期和之後的幾個星期，我都還得再回去。我替他工作。」奧斯卡解釋，並補充：「所以，雜貨市集的事，我就不可能幫忙了……」

「噢！可惡！我還替我們三個想了好多點子說……」傑瑞米非常失望。

「那麼，我們去溜直排輪，你想不想來？」巴特的提議簡單多了。

三個男孩一起出發，直到晚餐時間，奧斯卡才回到家，精疲力盡卻心滿意足。

這一次，賽莉亞沒有因為遲歸而責備他。她知道，兒子需要回歸實際年紀，當一個在放暑假的小男孩：他必須發洩精力，盡情玩耍，忘記庫密德斯會和那些艱難的學習。明天一整天，他又得盡全力用功。

然而，奧斯卡卻把星期天留給媽媽和姊姊。一家三口一起在廣場上野餐，最後還在湖上划船逛了一圈，下船時全身都濕透了，歡樂極了。回家之後，他們發現廚房餐桌上堆了幾個塑膠餐盒，貼有一大張標籤，上面用大寫字母寫著「奧斯卡」，還有一張小卡片，所有鄰居都簽了名。

你瘦了，孩子！

這些是你下個星期的點心。

大力親一個，

歐法努達奇斯太太、道威薩太太和古里諾太太上

奧斯卡低頭看盒子裡有什麼：肉丸子，羊乳酪特製點心，各國口味的各種糕餅……整整夠他撐一個月，不吃傑利的三明治也沒關係，他很確定。

他上樓整理行李，薇歐蕾跟在他身邊，看起來心不在焉，但一直都在。週末好快就過去了，為了對朋友隱瞞庫密德斯會，連他自己都忘了那個地方的存在。不過，收拾行囊的時候，所有記憶都回到腦海。說也奇怪，雖然魔法書顯示出那些影像，奧斯卡卻並不討厭繼續跟魏特斯夫人學習。即將重回大長老的宅院，他甚至有點開心。當然，這是因為一件比什麼都重要的大事即將到來：明天，他將進行第一次體內入侵。

晚上六點半，他擁抱母親與姊姊，幾乎以太快的速度跑向等在門前的黑色轎車。傑利紅潤豐腴的臉上綻露大大的笑容，迎接他。

「我們都好想念您，奧斯卡少爺。上路吧！您知道的，我們得在七點以前回到庫密德斯會。」

第一趟旅行

車子駛入車陣之中，奧斯卡遠遠就認出藍園附近的道路。

愈接近華美的基地宅院，他就愈興奮。

車子通過雕花鐵門，剛在迎賓台階前煞車停下，他就急忙打開車門，跑到碎石路上，爬上階梯，彭思都還沒把門打開呢！

「您難道不能等我撐傘過來接您嗎？！」管家劈頭就訓了他一頓。

奧斯卡嘆了口氣。彭思尖酸刻薄的說話方式可不在他的想念名單之列，這是絕對可以確定的。

「撐傘？天氣好得很耶！」

「這是為了不讓您被別人偷看到。讓人看見您在迎賓台階上出現並沒有好處。」彭思反駁，語調拉得長長的，顯示無奈。

奧斯卡根本懶得搭理，揹著背包，逕自穿過大廳，朝樓梯走去。管家叫住他，男孩卻不讓彭思有機會開口：

「好，彭思，我知道啦：七點整，準時到餐廳開飯！」

用過晚餐之後，奧斯卡要求管家陪他去藏書室。他不想獨自面對比利．波依德的書，可是，在魏特斯夫人的推薦之下，又不得不讀其中一篇醫族歷史章節。真可惜，在奧斯卡回家之前，阿爾逢思公爵沒能在日漸衰退的記憶中找出這一章……

當晚，他整夜睡得極不安寧。並非如上個星期那樣不斷作惡夢，而是因為太過興奮，興奮到睡不著。

結果，他比平常提早了一個小時起床，刷牙洗臉，穿好衣服，靜悄悄地下樓去。他走到廚房門口，推開門：雪莉正在爐灶前忙碌著。

「奧斯卡少爺！真是個大驚喜！您怎麼會在這個時候出現在這裡呢？就連布拉佛先生都還沒下樓呢！好吧，當然，他早在幾個小時前就起床了，我也已經把咖啡送到他的書房——彭思每次都想跟我搶，不過，門都沒有！哼！廚房的事歸我來管，由不得別人插手，布拉佛先生的早餐當然是我來負責。喔，不，這個彭思，他想拍馬屁的時候，您知道嗎……」

奧斯卡皺了皺眉：一大清早的，他沒打算要聽雪莉長篇大論滔滔不絕。

她自己停下話來，一臉擔心。

「您怎麼了？什麼地方不對勁嗎？我知道，您一定是餓了！」

「對，就是這樣。」奧斯卡同意，「我是有點餓。」

對一位糟糕的廚娘坦承這樣的事情，他很清楚自己正冒著什麼樣的危險。不過，一頓難吃的早餐還比關不起來的話匣子好多了。

雪莉立即擱下沒說完的話，飛快衝到冰箱旁邊。她急呼呼地拿出牛奶，倒了一大碗穀片，擺上一個烤得金黃的圓麵包，挖出一大瓢果醬。奧斯卡鬆了一大口氣。

「真抱歉。」她說，「果醬不是我自己做的，我實在沒有時間……」

「沒關係！」奧斯卡搶著回答。他看得出來，危險已經遠離。「我覺得很好。」

「下一次，親愛的奧斯卡，一言為定，我會親自……噢！」她驚呼一聲，用手摀住嘴。

雪莉的臉紅得像顆熟透的番茄，緊緊閉上嘴巴，奇蹟地被自己的話語嚇得動彈不得。

「真是對不起，我竟然這樣叫您。」她結結巴巴地說。

要是可以的話，她一定會鑽到桌子下面躲起來。奧斯卡差一點大笑。很顯然的，唯一可能讓雪莉安靜的辦法，就是讓她尷尬。若只想圖個耳根子清靜，奧斯卡大可以讓她繼續僵在那裡，但他沒那麼鐵石心腸。

「您知道，雪莉，我比較喜歡您直接喊我的名字就好。這樣比較簡單。」他說。

「真的嗎？」高頭大馬的雪莉鬆了口氣。「噢！謝謝，親愛的小奧斯卡。對我來說真的也簡單多了。您知道，因為，您的年紀可以當我的兒子，除了頭髮的顏色不一樣之外……而且，傑利跟我，我們也把您當兒子一樣疼愛，何況……」

雪莉再次閉上嘴，眼角泛出淚光。她選擇轉過身去。

「您想不想吃蛋糕？」她問，沒遮掩抽噎的聲音。「我昨天烤了一個……」

顯然，雪莉提到了什麼觸動到她的事。本來奧斯卡正想拒絕，又改變了主意。

「好，呃……很……很樂意。」他努力鼓起勇氣回答，擔心發生更糟的狀況。

雪莉跑到櫥櫃旁，拿出一個盤子，上面罩著一個蓋子。她把盤子放在桌上。掀開蓋子之後，奧斯卡驚愕地發現一條好大的紫色長條形型蛋糕，中間有點塌陷，周圍烤得焦焦的。

「這是甜菜蛋糕。」雪莉得意地說明。「傑利和我，我們……我們沒有孩子。所以，當然啦，因為，在庫密德斯會，有史以來，第一次有小孩出現，我們都想好好寵您！其實，應該說，在這裡，從來沒有小孩來過。」雪莉又說了一次，並把她小小的頭往前，不尋常地猛眨眼睛。「彭思是這麼一口咬定的，但附近居民的說法可就不一樣了……」

奧斯卡抬起眼睛：小孩？來庫密德斯會？他不禁猜想布拉佛先生有沒有孩子，還有，他到底有沒有結婚？

「……但那又是另一個故事了。」雪莉繼續說，她先前短暫地停頓了一下，嘆一口氣，一面切下一塊蛋糕，大概有一個書包那麼大。「總之，傑利和我，我們會好好照顧您的，絕對沒問題！想吃蛋糕，還有很多，您慢慢享用！」

「呃，那我就享用囉！」奧斯卡回答，雪莉最後宣布的消息對他來說簡直是一個重大打擊。

他驚恐地觀察盤子裡的東西，不知該如何解決。他朝地上東張西望，暗暗禱告，希望勞斯和萊斯跟他一樣興起這個（笨）念頭：在這個時候來廚房玩。可惜，牠們並沒這麼做。

「親愛的奧斯卡，看來你跟我一樣喜歡早起。」

一個聲音從他背後傳來，宛如救護車的警笛，在你發生意外時趕來救援。奧斯卡欣喜地回過頭，對魏特斯夫人微笑。老夫人穿著一件寶藍色短袖洋裝，領口滾蕾絲花邊，看起來明媚亮麗，鼻梁上的眼鏡被襯托得比上一次更紅豔。上個星期的疲勞似乎已全部消除。

「孩子，我們還有很多事要準備。今天是個大日子……」

奧斯卡點點頭，眼睛發亮。

「我實在不太應該，」老太太又說，「但我必須打斷你吃早餐。」

她走到桌邊，一副很感興趣的樣子。

「雪莉，桌上這塊磚好漂亮，色彩真鮮豔。您也玩燒陶嗎？」

雪莉臉上的顏色也變了。奧斯卡替她打圓場。

「呃……嗯，那是雪莉剛烤好的蛋糕。魏特斯夫人，您想嚐嚐嗎？」他說著，將盤子往老夫人那邊推。

魏特斯夫人駭異地睜大眼睛，隨即恢復禮貌的微笑。

「噢！您的心意真迷人，雪莉。特別是，非常有創意。不，謝謝你，奧斯卡。」她對醫族男孩狠狠地瞪了一眼。「不過，如果你想的話，我可以讓你留下來慢慢品嚐，我們直接在藏書室碰面……」

「不，不要！」奧斯卡大喊，急忙離開座椅。「我們快來不及了，雪莉。您認為我可以把這塊蛋糕拿到我的房間嗎？稍晚一點，我不希望彭思……」

「彭思什麼也不會知道！」雪莉神秘兮兮地保證。「別擔心，我的孩子！這是我們之間的秘密。」

「謝謝！」奧斯卡跟著魏特斯夫人走出廚房之前，小聲說了一句。

兩人大步穿過大廳，進入藏書室，關上門。直到這個時候，魏特斯夫人才指著奧斯卡，用威脅的口吻：

「嘿，小男孩，我們今天就把話說清楚：如果你敢再次用那個可憐女人製造的蛋糕讓我陷入危險，我就永遠再也不會把你從她的魔爪下救出來，就算我提早到現場也會袖手旁觀！」

奧斯卡格格發笑，對老夫人表示抱歉，並宣誓對她忠心耿耿。

「脫身的方式很機靈，給你一個讚！」魏特斯夫人不得不承認，同時也感到很有趣。「竟然想得出這樣的詭計，把蛋糕拿到房間，尤其是把雪莉的注意力轉移到可憐的彭思身上。她本來都快發火了！甘拜下風，我就想不到這個點子。」

「謝謝。」奧斯卡回應，頗為得意。

「很好。」老夫人看看手錶，「如果你已經準備好了……」

「是的，我準備好了。」男孩說，心臟噗通噗通跳。

她撇了一下頭，邀他走出藏書室。

他們推開客廳門，踩踏柔軟的地毯，繞過長沙發，直接朝壁爐走去。魏特斯夫人裹著她的披風，從櫃子裡取出鋁箔手套，拿著鍊墜探入火焰，與字母刻槽嵌合。她抽回手，黃廳立即顯現。

「當然，」她一面把手套放回櫃子裡，一面說：「這不是為了保護我的手臂，而是為了保護我的洋裝，我很喜歡這套衣裳。我們族人，跟其他人不一樣，可以輕易治好燒燙傷；但我恐怕沒辦法修復燒焦的布料……跟我來。」

他們走進圓形房間，牆面滑動拉開，然後把他們關在房間裡。

房間中央，鳥籠裡，維克多緊張地擺盪著；想必從認出魏特斯夫人那一刻起，牠就開始神經緊繃。

「奧斯卡，我來介紹維克多：牠是布拉佛先生的孟加拉金絲雀。布拉佛先生很看重牠。」老太太低聲強調。「甚至是他最喜歡的會面場所之一。但是我呢，我對鳥類嚴重過敏，尤其對這一隻，更是不得了。」

為了證明此話不假，她掏出繡花小手帕，打了個大噴嚏，再把手帕放回口袋。她禮貌地對小鳥微笑，鳥兒則開始瘋狂嘰喳叫。

「我對維克多過敏，我想，牠對我也好不到哪裡去。」魏特斯夫人碎碎唸了一下。「維克多，」她換上正常的語調，「容我向您介紹奧斯卡．藥丸。他將和我一起進行他的初次體內入侵。我的表達或許不太得體，但是，感謝您給予他最誠摯的接待。」

奧斯卡的目光從金絲雀身上移到魏特斯夫人的紅眼鏡，他簡直不敢相信。

「我們要進入……那裡面？進入一隻金絲雀體內？」

魏特斯夫人對他瞪圓了眼。

「你的意思是，『進入這位親愛的維克多體內』，對吧？」她執意強調。

「對，」奧斯卡結結巴巴地說，「沒錯，進入……進入這位親愛的維克多體內。」

「千真萬確。鳥類也一樣有五個世界——當然，某些世界的發展比較差一些。」

她彎下腰，湊在奧斯卡的耳邊，悄聲說：

「不瞞你說，在這種羽毛類小東西身上，賽瑞布拉，也就是思想世界，所佔的範圍並不很大。進去之後，就會深刻了解用『小鳥腦袋』來形容一個蠢蛋有多麼恰當。不過，就第一次入侵而言，這是一個極為理想的場地。比進入人體容易得多。」

她站直身子，拉拉洋裝，整理好。

「黃色剛好可以把我的衣服襯得更鮮豔，太完美了。現在，我來說明要達到成功入侵的基本原則。奧斯卡，你有沒有注意聽我說？」

以他對「注意聽」的認知，奧斯卡真的有注意在聽，比這一輩子任何時候都專注傾聽。他用力猛點頭，於是，魏特斯夫人開始講解。

「最重要的第一件事：沒有自己的鍊墜，絕對不可進入任何一具體內。」

奧斯卡的手放在胸前的T恤上，感受貼在肌膚上的金屬墜子，溫溫的。

「我有戴在身上。」他克制不住自己，聲音聽起來過分激動。

「很好。第二項東西：披風。它不是必要物件，但在體內可當成一樣珍貴的武器。等我們下次再進行入侵時你就會明白。最後，腰帶；同樣地，在你要從一個世界到另一個世界時，就會需要它。稍後我們再來檢視最後這個項目。目前，我們先把重點集中在進入體內的方式。關鍵字眼是：決斷力和專注力。」

魏特斯夫人刻意強調，一個字一個字地清楚唸出來。奧斯卡睜大眼睛。

「呃……具體來說，那到底是什麼意思？」

「這表示，你必須清楚決定你要去哪裡，並在進入之時，盡全力專注在那個定點上。否則，你可能會跑到毫不相干的地方去，甚至是你完全陌生的地方。一個合格的醫族被迫去找回另一個經驗不足，不知道在哪裡迷路的醫族，這是常有的事……」

「所以，只要很用力地想著一個世界，就能去到那裡？」

「就某種程度而言沒錯，但並沒這麼簡單。別忘了我們上個星期學到的，奧斯卡：沒有哪一個世界特別重要，不過，仍然有一個順序必須遵循。初次進入一個新的世界時，必須經由前一個世界，且必須取得那個世界的戰利品。只有那時，你才能走上通道，進入下一個世界。」

「但是，如果某個世界已經去過一次，就可以直接再去，不需要經由前幾個世界。」奧斯卡加以補充，對自己的記性頗為自豪。

「非常正確。」魏特斯夫人回答。「啟程之前，最後一個問題：你還記得五個世界的順序嗎？」

奧斯卡閉上眼睛。他在八天之內硬記下太多事，全部的一切都混在一塊了。不過，他試著平靜下來，漸漸地，清晰的記憶又重回腦海。

「第一個世界是黑帕托利亞，消化系統的世界。這個世界提供整個身體所需要的能量。第二個世界是氣息國和幫浦國組成的兩國世界，位於海底。第三個世界是安布里耶，第四個是傑內提斯，也就是您的世界。」奧斯卡特別說明，「您是傑內提斯專家，那是基因的世界！」

老夫人露出微笑，對弟子的學識頗為滿意。

「……而最後一個世界則是賽瑞布拉。」奧斯卡做出總結。

「很好。」魏特斯夫人說。「那我們就別拖拉了，上路前往第一個世界，黑帕托利亞吧！拿出你的原字母，奧斯卡，仔細照著我跟你說的話去做。」

奧斯卡模仿魏特斯夫人的每一個動作，絲毫不差：他把字母筆直朝前方伸出，目光則緊盯著在鳥籠裡到處亂飛的金絲雀不放。老夫人說得沒錯：鳥兒對這件事很過敏，試圖躲脫入侵。

「現在，奧斯卡，專注在你想進入的世界：黑帕托利亞。同時，目光要聚集在最能代表那個世界的器官上。對黑帕托利亞而言，當然，就是嘴巴，因為那是消化道的入口。你懂我的意思嗎？」

「我要專注想著黑帕托利亞，同時盯著嘴……也就是，盯著維克多的鳥喙。」奧斯卡更正語病。他充滿動力，卻也顫抖得像片風中的樹葉。

恐懼，在魏特斯夫人可靠的解說後已遠離他的情緒，如今卻又強烈冒出來。這時，他想起來：在隧道中，他的「導師」，心念掃描器曾說過哪些話；還有，焦慮之牆現形，阻隔在他和領路人之間。無論在隧道裡或其他地方，若一名醫族沒有真心渴望和真實的勇氣，將無法繼續前進，做任何反應。

奧斯卡試圖將惶恐埋藏在心底，盡力專注。

「現在呢？」醫族男孩問。

「現在，」魏特斯夫人回答，「朝那個鳥嘴衝過去，不准停！」

奧斯卡驚愕地看著魏特斯夫人像一個短跑選手那樣衝刺，字母伸向前方，撲撞鳥籠和可憐的維克多。一道閃電亮光照得男孩張不開眼，而等他睜開眼睛，房間裡只剩他一人，還有維克多在棲架上搖搖晃晃。

奧斯卡湊近鳥籠欄杆。

「魏特斯夫人？您……您在嗎？您進到那裡面了嗎？」

沒有回應。奧斯卡看看周圍：四下無人。沒有機關把戲，這不是在玩PlayStation的遊戲。魏特斯夫人的確進入金絲雀體內了！

現在可不是猶豫的時候，也沒時間害怕了。

奧斯卡也衝了出去，把鍊墜直直往前伸，艱難地注視維克多的嘴喙——鳥兒發了瘋似地躁動不已。

他深呼吸，向鳥籠直撲而去……結果把輕巧的籠子撞翻落地，他則在地毯上摔個滿鼻子灰！鳥籠滾到牆邊，維克多歇斯底里地鬼叫起來。奧斯卡站起身，滿臉通紅，感到既羞恥又憤怒。他把鳥籠放回基座上。第一次嘗試就一敗塗地，好悽慘……

決斷力和專注力，醫族男孩在心裡複誦一次，怎麼可能難得倒我？！

他撿起鍊墜，重新就準備位置。現在，他滿腦子只想著一件事：進入這隻惡魔金絲雀的體內，跟魏特斯夫人會合——她一定在那堆羽毛的另一側等著他。他在心裡倒數，數到「0」時，往鳥籠欄杆直撲衝去。

這一次，只聽見一聲爆炸；他覺得有一陣風把他托高，然後輕輕放落在一個非常柔軟的表面上。

他睜開眼睛，環顧四周。

在他正前方，豎立起一面巨大的高牆。他轉過身，驚恐地發現：背後也聳立起另一面牆，也一樣又高又大。兩面平行的牆不斷朝左右延伸，他根本看不到盡頭。他變成了夾心餅乾！他頭頂上方，乳白色的天空，籠罩這片險惡的景色。他低下頭：在他腳下，只有灰塵，殘缺的木塊，金屬碎屑，和一大堆無法辨識的東西，聚集在一起，堆積出一張地毯。他下意識地摸摸鍊墜，但其實並派不上用場：光線從背後那道牆透進來。在朦朧的壁面後方，他似乎隱約看到一片淺白，還有幾道黑黑的陰影，但猜不出是什麼東西。

他站起身，心跳得好快，小心翼翼地沿著牆邊走。

沒走幾步，出現一根白色光滑的柱子，擋住了他的去路。這根柱子似乎斜插過兩面牆。奧斯卡蹲下來，從柱子下方鑽過：許多黃色長毛，類似杉樹樹枝，但又還算柔軟，拂過他的頭髮。他繼續往前走，突然嚇了一跳：眼前出現一團大圓球，長滿尖刺，蠕動著，然後又軟綿綿地跌回地上，發出一陣長長的嘆息。他謹慎地繞過，朝同一個方向繼續往前走。

走了幾十公尺，幾百公尺，兩面牆之間的距離依舊沒變。他始終孤單一人。終於，左邊的牆面上出現一個缺口。他短暫猶豫了一下，然後從縫隙中鑽進去。結果，他又遇上一堵牆；第三面牆跟剛剛穿過的那面牆也平行。

「魏特斯夫人？您在不在這裡？**魏特斯夫人！**」

沒有人答應，只聽見回聲沿著半透明的壁面迴盪。他到底來到了什麼地方？這裡和魏特斯夫人所描述的黑帕托利亞一點也不像；跟阿爾逢思書裡的球儀所顯現的圖樣更差了十萬八千里。怎麼會這樣？

他開始思考，想找出自己做了什麼，為何會在維克多的身體裡迷路。答案很快就明朗了：侵入體內的時候，爆炸的閃光太亮，逼得他閉上了眼睛！然而，指示說得很清楚，他必須瞄準維克多的嘴喙……現在，他該如何脫困？魏特斯夫人將被迫來找他；這表示，對她而言，他根本就做不到注意聽講，也無法專心。只不過，她有辦法找到他嗎？

他最擔憂的反而是最後這個問題，逐漸慌張焦慮起來。這時，憑空響起一聲威嚴的斥喝。

「誰在那裡走？不准再動！」

奧斯卡停下動作，無法得知這個聲音從哪裡傳來。

「我剛剛說：是誰在那裡？」那聲音又問了一次，聽起來十分不耐煩。

「我叫奧斯卡．藥丸。」奧斯卡回答，用目光搜尋這狹窄的空間。

最後，他抬起眼，終於發現一顆古怪的腦袋，戴著頭盔，從上方幾公尺的一個凹洞探出。

「不准動，我過來。」那傢伙命令。

過了一會兒之後，出現了一個穿制服的奇怪生物：長相介於人類和棉花糖之間。他像變魔術似地穿牆而來，在奧斯卡面前凝聚成形。奧斯卡往後退了一步，不敢大意。

「那您，您又是誰？」男孩問，緊張地搔著那一頭紅色亂髮。

「我？我是藍傑．漢斯二十四的二十次方，負責監視皮層的第三道城牆，攻擊所有入侵者……然後，我現在是在做什麼！」藍傑．漢斯二十四的二十次方忽然發現自己正和善地跟一個可能的敵人聊天。「入侵者，就是你，你不准動！」他說，一面從他透明的柔軟身體伸出兩隻觸角，在奧斯卡面前揮舞。

「我不是入侵者。」奧斯卡連忙回答。「我是一名醫族！」

奧斯卡從T恤下翻出鍊墜。

「有什麼問題嗎？兄弟？」上方有人大喊。

奧斯卡已不知第幾次抬頭，這一次，總算瞥見一顆烏漆麻黑的腦袋，讓人想到烏鴉。幾秒鐘之後，牆壁開了個口，鑽出一個手長腳長的傢伙，黑得像木炭，穿著一條寬鬆的牛仔褲，貼鑽T恤，毛領皮夾克，反光墨鏡，頭戴棒球帽，壓住後腦勺幾串黑人辮。

「沒有任何問題，麥拉諾．曼三十四的零二次方。」藍傑．漢斯二十四的二十次方回答。「首先，你在這裡做什麼？你應該跟其他人一起守在城牆後面，待在最裡面！你的任務應該是阻止光線超過邊界！」

「酷啊！Man，酷！我來巡邏一小圈，做得真好，不是嗎？這裡出現了幾個新面孔。嗨！兄弟。」他開朗地對奧斯卡打招呼，「你怎麼掉進這個坑的？茫掉了喔？一定是這樣沒錯……」

「他是一名醫族。」藍傑．漢斯二十四的二十次方插話。「總之，這小子是這麼說的。」

「一名醫族？」麥拉諾．曼三十四的零二次方驚呼。「酷！我有幾百年沒見過醫族了！一定要好好慶祝！」

「喔，不！」藍傑．漢斯二十四的二十次方發火了，「你別又開始搞雷鬼了喔，拜託……」

麥拉諾．曼三十四的零二次方擠出個鬼臉。

「誰說要搞雷鬼？忘掉吧！Man，我早就玩別的了。你沒注意到嗎？手織毛線帽和牙買加色調，結束了！現在流行的是品味風格，亞瑟小子[3]或提姆巴蘭[4]！」

麥拉諾．曼三十四的零二次方把他那個另世代音樂播放器放在地上，按下一個按鈕，一段震耳欲聾的饒舌樂立即在各面城牆之間彈盪。大個兒豎起大拇指和小指，雙手一下子擺動，一下子捶打胸口，嘴裡開始唸唸有詞：

如果你夠力力力
如果你有氣氣氣
如果你有字母母母掛在胸口口口
我的兄兄弟，這就表示你做做做的有道理

麥拉諾．曼三十四的零二次方握緊雙拳，十分自豪。

「你覺得怎麼樣，Man？」那傢伙問奧斯卡。

「酷，很酷。」奧斯卡表示肯定，但其實他不知該笑還是該擔心。

麥拉諾．曼靠近他，彎腰看他的鍊墜。

「這好炫，我超愛的，你的寶石！」

他從掛在脖子上那一串叮叮噹噹的飾物中翻搜，抓出一個。

「來交換，Man？」

奧斯卡向後退。

「啊，不，絕不可能，很抱歉。我是唯一能使用它的人……」

「好啦，別假仙了。」麥拉諾．曼不耐煩了，「這傢伙，他是怎麼了！你以為你是誰啊？這些醫族，看了就煩！藍傑．漢斯，我真不知道你是怎麼想的……」

「我想你應該回到自己的崗位，這裡的事讓我來處理。」藍傑．漢斯反駁。

麥拉諾．曼輕蔑地看了奧斯卡一眼。

「算你運氣好，這裡太亮了，我不能在這裡久留，要不然又要曬黑了。總之，這附近，噁，聞起來好像有人放屁……去吧，藍傑．漢斯，好好教訓他一頓，我看他真的很不順眼……」

麥拉諾．曼三十四的零二次方消失在左邊城牆脫落的磚塊之間，只剩奧斯卡獨自面對藍傑．漢斯二十四的二十次方。

「剛剛那是誰？」奧斯卡問。

---

❸ 美國著名饒舌歌手、唱片製作人。

❹ 美國R&B流行歌手及演員，曾多次獲得葛萊美大獎。

「一個麥拉諾人，他應該要在城牆後面阻止光線，保護各個世界別遭受光線破壞。所以他才會那麼黑。好了，」守衛露出兇狠的表情說，「現在，你給我老實說，為什麼會出現在這裡，要不然我就讓你去撞牆跟磚頭說哈囉……」

奧斯卡仔細看了看身旁的牆壁，對藍傑．漢斯的話很感興趣。

「跟磚頭說哈囉？為什麼這麼說？」

「你身為醫族，卻不知道城牆是用我的同胞的屍體蓋成的？喏，比方說，這裡，這是藍傑．葛麗特三十四的二零二次方，我的姊姊。」

「屍體？！不，我……我不知道，我很難過，關於葛麗特三十八什麼的，不，總之，替您的姊姊感到難過。」奧斯卡連忙糾正自己。他終於知道城牆為什麼會是半透明的，因為守衛的身體也是。

藍傑．漢斯朝奧斯卡走來。他的身體不斷變形，手臂愈長愈多，把奧斯卡包圍起來。不過幾分鐘的時間，他的觸角交纏，捆住男孩的身體，奧斯卡呼吸困難。

「不！等等！我真的是醫族，別殺我啊！」

「很抱歉，經過辨識，您的身分是異物。」藍傑．漢斯回答，應更用力捆緊，「我必須消滅你！」

「而我，我可以證實這位年輕人所言不假。」藍傑．漢斯二十四的二十次方背後響起一個聲音。「所以，您可以放開他了，親愛的。」

奧斯卡總算能抬起頭，視線越過攻擊者的肩頭：他認出那一頭銀白色捲髮，和紅色眼鏡。

藍傑．漢斯轉過身去，立即鬆手。在他面前的，正是魏特斯夫人，身穿醫族披風，右手揮舞著散發奇異光芒的鍊墜，左手則拿著一個小瓶子。她的眼神銳利，毫不留情，把守衛瞪回了原形。

「啊！是您……話說，假如這個男孩真的是醫族，他跑來這裡做什麼？」

魏特斯夫人收起武器，招手叫奧斯卡過去她身邊。

「小小的方向偏差。」她說。「我們本來應該去黑帕托利亞。」

「黑帕托利亞？」藍傑．漢斯大吃一驚。「啊！說是方向偏差，這偏差得還真離譜啊！你們也差得太遠了，這裡是皮膚的萬里長城！」

「我知道，我知道！」魏特斯夫人惱羞成怒，氣呼呼地回答。「我們這就要走了，再見。」

她轉身問醫族男孩：

「準備好了嗎？」

「事實上……我不知道該怎麼『回去』庫密德斯會！」

「這一次，就讓我來吧！」

她用自己的鍊墜圍繞住奧斯卡的鍊墜，把男孩裹入披風裡。

下一個瞬間，他們已經回到黃色小廳。

奧斯卡感到雙腿顫抖個不停。他害怕得要命，這才徹底明白：體內入侵並非如想像中的簡單。魏特斯夫人看出他十分沮喪，於是安慰他。

「以第一次而言，這樣的結果一點也不差喔！很多人不斷直接衝進鳥籠，維克多到處優雅地滑翔，到後來，才總算有一些醫族初學者學會操作入侵程序。」

奧斯卡垂頭盯著自己的球鞋，一點也沒有驕傲的感覺。他很慶幸自己只跟魏特斯夫人在一起。換作布拉佛先生，他會怎麼想？

自從上次在庫密德斯會大廳撞見弗雷徹．沃姆，洩漏了行蹤之後，奧斯卡就沒再見過大長老了。經過這段時日，沃姆長老一定已經探聽出奧斯卡的身分。大長老的憤怒仍讓男孩耿耿於懷。而今天，奧斯卡失敗了，事情更沒有轉機了：在溫斯頓．布拉佛的心目中，他的地位沒能提升。他又想到父親：爸爸恐怕也不會覺得很光彩。

魏特斯夫人繼續鼓勵他。

「聽著，不是什麼事都像小孩把戲那麼簡單，正如你當下所體會到的感受。再說，你已經發現了組成皮膚的萬里長城和防守城牆的守衛。這是一個很好的經驗。現在，別再躊躇不決，我們要往前走。你想怎麼做？繼續下一步，還是今天先到此為止？」

奧斯卡抬起頭，接受挑戰。

「我們繼續。」男孩毫不猶豫地回答。

「很好，那麼，或許我們可以換個地方玩。誰知道，也許後來你會覺得入侵術變得比較簡單。」

她把鍊墜移到門上，牆壁顯現一個開口。她只拍拍手，隨即響起一陣優雅無比的奔跑聲，堪比踩著高跟鞋的大型厚皮哺乳動物，布拉佛先生的兩隻巴吉度獵犬大駕光臨。魏特斯夫人讓狗狗進來，牆面滑動，再次把這一小群人獸關在黃廳裡。

「好了，」魏特斯夫人說，「勞斯和萊斯即將為這件有意義的事做出奉獻。至少，在我們回來之前，牠們不會離開黃廳。上次的長老會議在牠們其中之一的體內秘密舉行，而當我們出來的時候，所有人都在牠們花園盡頭的狗窩裡擠成一團。你想選哪一隻來再次嘗試入侵術？」老夫人問，「勞斯還是萊斯？」

奧斯卡實在辨認不出誰是誰：兩隻狗都一樣呆蠢，遲緩，耳朵拖到地上，肚子也是。魏特斯夫人直接裁決。

「好，我們來問問萊斯是否願意接待我們——是這一隻，奧斯卡。」她指著左邊那隻狗。「你馬上就發現到哪裡不同了，對吧？牠的左眼比右眼下垂，而勞斯則相反。這不重要，我們走吧。現在，你知道該怎麼做了，我們可以一起『出發』。萊斯，你願不願意……」

狗兒茫然地望著他們，眼中泛淚（比較下垂的那隻眼），然後，漫不經心地咀嚼了幾下，作為回應。這隻貪吃狗，一定是在某個盆栽或家具後面找到了幸福美食：一塊餅乾或雪莉餐點的殘屑，被布拉佛先生偷偷丟在桌下，或藏在花盆後面……

「萊斯答應了。」魏特斯夫人宣稱。

兩人一起吸氣準備，彼此交換了個眼神，將大寫M字金環筆直往前舉。

「還有，奧斯卡，別忘了，」老夫人說，「決斷力和專注力。」

奧斯卡轉頭看了萊斯一眼。對於被兩名醫族入侵這件事，狗兒似乎不像維克多那麼緊張。牠沉沉地癱趴在地，嘴巴靠在前腳掌上。老夫人和新手徒弟可以輕易瞄準獵犬的嘴唇，毫不費力。

他們向前衝，只見一道十倍炫亮的閃光，兩人皆消失；而萊斯則不為所動，昏昏睡去。

切碎碎

奧斯卡站起身，環顧四周。他在一個方型房間內，到處都是螢幕和電子儀器，牆壁上什麼也沒有。其中一面牆以整面玻璃取代，但奧斯卡看不出來另一面有什麼東西。反正他也不在乎這些，他實在太開心了：魏特斯夫人就站在他身邊，滿臉笑容，而這就是最好的消息。

「親愛的奧斯卡，歡迎來到黑帕托利亞的世界。你太棒了！這次侵入完美成功！」

「謝謝！」他說，驕傲得像隻開屏的孔雀，完全忘記謙虛的美德：「說穿了，這真是簡單的小事一件……我們在哪裡？」

「在地底，離地面幾十公尺。我之前告訴過你：黑帕托利亞的一大部分都是隧道，巨大幽深的洞穴和地底伏流……我們現在在一個指揮室裡，位於食物輸送工廠的上方。靠過來一點看，奧斯卡。」

魏特斯夫人自己也貼在玻璃牆上，奧斯卡過來一起觀看。

從指揮室的玻璃牆望出去，他們下方是一座巨大的洞穴，裡面有幾千個工人往四面八方鑽進鑽出，忙著把一個個車廂用一種看起來很噁心的棕色黏滑物質裝滿。稍遠一點，其他工人則忙著卸貨，把那些黏稠物質放在輸送帶上，送到工廠最裡面，倒入鑿在牆上的三個開口。奧斯卡做了個嫌惡的鬼臉。

「別覺得噁心！」魏特斯夫人說。「人類的食物研磨單位也跟這個差不多，你知道的……那些是小餅乾，水，特別還有很多萊斯在正餐以外吞進肚子的東西。」

她瞇起眼睛，推推眼鏡。

「這可怪了。」老夫人又說，嘴角揚起一絲微笑。「我好像認出雪莉料理那些有趣顏色……」

奧斯卡轉過頭去：他聽見一陣十分嘈雜的流水聲。

「發生了什麼事？」

「想必是一條伏流。到處都有，黑帕托利亞的地底滿是廊穴，像一座巨型螞蟻窩。這些伏流扮演著重要的角色：可用來運輸和航行。過來。」她打開門，「我帶你去見碧昂卡，她應該在隔壁廳裡。」

「這裡有住人？」奧斯卡大為詫異。

魏特斯夫人笑起來。

「當然有住『人』啊！奧斯卡！而且比你想像的多很多。要不然，這麼大一個世界該怎麼運作？」

在此時同時，警報聲大作，隱藏在隔間牆上擴音器裡傳來一個聲音：

「注意，注意！迷走神經刺激，地震即將發生！小心站穩，再說一次，小心站穩！」

指揮室的牆壁產生變化，突出許多把手，間隔一公尺左右，剛好在手能攀到的高度。

「這話是什麼意思？」奧斯卡扯開喉嚨大聲問，努力蓋過震耳欲聾的警鈴。「什麼事情即將發生？」

「抓緊把手，快！」

魏特斯夫人還來不及再說什麼，一波震動排山倒海而來。奧斯卡被甩遠，彈到軟綿綿的牆上，然後跌落在地。老夫人急忙跑到他身邊，扶他站起來。

「很快又會有一波！」

這一次，奧斯卡顧不得其他的，趕快牢牢抓住牆上的突起。這一波震盪更加劇烈。接下來的第三波，就連經驗豐富，整個人攀得緊緊的魏特斯夫人也被震倒了。警鈴的聲響不再那麼急促，最後終於停止。一個平靜的聲音從擴音器傳出：

「危機遠離。大家可以繼續工作了。」

奧斯卡揉著疼痛的左肩，而那些把手又沒入鬆緊帶似的牆壁裡，消失不見。他詢問魏特斯夫人：

「剛剛發生了什麼事？那是什麼？」

「沒什麼大不了的。」老夫人回答：「憨厚的萊斯打了嗝，只是這樣。過來這裡，抬起眼睛看看這個洞穴的天頂。」

奧斯卡走到玻璃牆邊，這才發現：那座奇怪的工廠，屋頂完全是透明的，就像一大片用玻璃做的天花板。

從這裡，他可以欣賞完全漆黑的天空。魏特斯夫人說得一點也沒錯：黑帕托利亞是一個深陷在永夜中的世界……只有一個例外：閃電不斷劃過天空，彷彿撕開一條條閃耀的裂縫，將這個世界浸淫在淡淡的光亮中。壯觀極了。

「你看到那些閃電了嗎？」老夫人繼續說，「空中橫越了幾千條電線，那是電線裡的電流，稱之為迷走根。偶爾，當電量太大，閃電打到地面，產生痙攣，整個黑帕托利亞世界就會天搖地動。」

「這就是打嗝？」

「對。」魏特斯夫人點頭，「打嗝，差不多就是這樣沒錯，奧斯卡。好了，走吧！我們總不能整天待在這隻獵犬的身體裡！」

他們離開指揮室，進入一條蜿蜒的地底小道。

兩人在一扇突出牆面的裝甲鐵門前停下。魏特斯夫人拿出鍊墜，貼合在門上。鐵門立即開啟，露出另一個極為精密的操作平台。這裡也像一間高科技工廠裡的指揮室，不過，並沒有用玻璃牆圍成密閉空間：這個平台的構造宛如一座陽台，懸在一個奧斯卡無法探看的空間上方。

「歡迎來到萊斯的研磨工廠指揮室，奧斯卡。」魏特斯夫人說明。

一位穿著白袍和鞋套的女士抬起頭，對剛到的訪客們微笑，然後開始狗吠，奧斯卡當場目瞪口呆。

「日安，魏特斯夫人。」

最令人錯愕的是老夫人的反應：她竟然用一種尖細的聲音回答，聽起來跟小狗的喊叫好像，奧斯卡不禁笑出聲來。

「您會說狗話？」男孩簡直不敢相信自己的耳朵。

「喔，可以說我是無師自通。你知道，當你經常旅行，就必須能開口問路，講幾句憋腳的當地語言。」她眨眨眼說。

奧斯卡轉身面對前來迎接他們的女士。她的長相很奇特：黑漆漆的鼻子尖尖的，小小的眼睛圓圓的，滿頭捲捲的棕髮。

「奧斯卡，我來介紹：這是碧昂卡・小白。」魏特斯夫人說。「碧昂卡，這是奧斯卡，一個醫族新手。」

奧斯卡又仔細觀察了一下她的臉，終於比較明瞭她哪裡奇怪。碧昂卡・小白，這名字取得真好：她跟巴比倫莊園的鄰居羽翼太太那條侏儒貴賓犬佩姬簡直是一個模子印出來的！

「日安，歡迎。」碧昂卡說。

「日安。」奧斯卡禮貌地回應，雖然碧昂卡的吠聲他一點也沒聽懂。

「這是他的第一次體內入侵？」

「是的。」魏特斯夫人回答。

「溫斯頓・布拉佛已經先通知過我。」貴賓犬女郎說。

「根據我的認知，我想你們打算加速訓練年輕醫族，順便給前輩注入新血。」她說。「未來一片黑暗，是嗎？」

「唉！」老夫人千言萬語，只能嘆一口氣。「不過，先別想那些可怕的事了。我來這裡是為了奧斯卡。我能不能帶他一起走到欄杆邊？我希望他能從這裡看看研磨工廠那些儲存槽，還有排泄道。」

「當然！」碧昂卡回答，「請便！」

魏特斯夫人推推紅眼鏡。奧斯卡跟著她走到懸空露台的邊緣。從那裡，他們俯瞰另一座洞穴，尺寸只比先前那一個小一點點。這一次，洞穴底部看不見半名工人，卻擺著許多幾公尺高的巨型大桶，從前一座工廠運來的糊團就在裡面磨碎。渦輪機和刀片的聲響震耳欲聾。奧斯卡向後退了一步：那玩意的氣味比外形恐怖多了！

「你在輸送工廠看到的輸送帶將食物倒進這些大桶子裡。」魏特斯夫人說明。「等所有東西都磨碎之後，就會流入一個大漏斗，送到下一個廠房：ＡＡ區。」

「ＡＡ？」奧斯卡不解又好奇地問。

「強酸攻擊（Attaque Acide）。我們等一下會過去看一眼。」

奧斯卡為之深深著迷，把身體往前傾。魏特斯夫人想阻止他，但就在這個時候，傳來「喀啦」一聲，令人心驚。醫族男孩來不及退後，安全柵欄應聲崩垮，就在老夫人伸手要抓他的前一個瞬間，他跌了下去。

尖叫聲被機械運轉的轟隆巨響淹沒。奧斯卡從空中垂直落下，重重地摔進一個滿是酸臭濃稠食物糊的大桶子裡。他被捲進一個漩渦，往下沉入噁心的糊泥中，連忙閉緊嘴巴，以免吞下萊斯剛吃下的那頓正被消化的餐點。他還記得那些旋轉刀片，銳利嚇人，可以把所有東西磨成稀爛。於是他努力掙扎，盡量浮出表面。要是沉到底部，就會跟萊斯的狗餅乾遭受相同命運！

碧昂卡急忙衝進指揮區，按下緊急暫停按鈕。馬達逐漸停止轉動，奧斯卡也不再繼續被拖著旋轉。被刀刃絞碎危機雖然解除，但他卻像陷入流沙似的不斷下沉。他抬頭望向指揮室，絕望地朝魏特斯夫人看了一眼。

刻不容緩，老夫人一秒也不敢拖延：她手一轉就解開披風，將它拋到巨桶中，給無力地載浮載沉的奧斯卡，然後衝到一支麥克風前面。她的聲音在整座工廠迴盪：

「爬到披風上，奧斯卡！」她大喊。「披風是防水的，可以漂浮在所有液體上。」

奧斯卡在黏糊糊的液體裡努力掙扎，總算抓到鋪在表面上的披風。他費了千辛萬苦，終於攀到綠天鵝絨的披風上，喘個不停。他垂眼看自己，幾乎吐了出來：他全身滴淌著深棕色的汙泥，聞起來像臭掉的雞蛋。他羞愧得要命，恨不得能躲到披風下，但是目前最重要的只有一件事：讓人把他救出去。

指揮室的門忽地大開，兩個像特遣部隊的救援人員進來，趴在欄杆上，朝奧斯卡的方向拋下繩索。

「抓住繩索，別管我的披風。」魏特斯夫人命令他。

男孩伸長手臂，抓住在他上方搖搖晃晃的繩索。那兩個男人發出狗吠，魏特斯夫人翻譯。

「把繩子纏在腰上，奧斯卡！」

奧斯卡按照指示做好，幾秒鐘後，他的身體就被謹慎拉起。老夫人放心取出鍊墜，披風脫離那一大團黏糊，緩緩升起，圍在她的肩頭，沒有沾到半滴恐怖的混稠黏液。

而當奧斯卡還懸在儲存槽和欄杆之間的半空中時，擴音器再度發聲。

「注意，注意！強酸攻擊區發酵。濁氣球逐漸朝桶槽室前進。可卡指數：七分之六！即刻關閉氣閥，戴上面罩！」

碧昂卡衝到欄杆旁。

「快找地方躲起來！」她對前來搭救奧斯卡的工作人員狂吠。「濁氣囊正朝這裡前進！」

「有什麼關係？！」魏特斯夫人氣急敗壞地說：「管他有沒有濁氣，立刻把那孩子拉上來！」

「可是，我們不……」

碧昂卡的話尾被一陣恐怖爆裂淹沒。桶槽室的安全氣閥在壓力作用下全部猛烈衝開，一團雲霧鑽入廠內，宛如龍捲風，捲起部分黏液。奧斯卡懸吊在半空中，剛好就在它行進的路線上。在強風吹掃之下，繩索逐漸鬆脫，他像個溜溜球似的旋轉，最後竟被吹走。輸送帶盡頭，用來阻隔食物進入桶槽室的門簾被掀起，奧斯卡直接被拋入管道中。

輸送工廠裡，幾千名負責裝載貨車的工人趴臥在地，在她們驚愕的目光之下，奧斯卡如閃電一般反向飛越輸送帶。惡臭和悶熱讓他窒息，把他嚇壞了，不知道會被狂風帶往何處。

他的身體撞上伸縮壁板，像一顆小鋼珠似地到處反彈。濁氣尖銳的咻咻聲在他耳內嗡嗡作響，狗吠聲此起彼落，魏特斯夫人的叫喊聽起來好遙遠，就在下一秒，一切變黑。

一種溫熱粗糙的感覺迫使他不得不睜開眼睛。

最初他看見一顆栗色的大松露，然後，沾得髒髒黑黑的白色獸唇，在他臉孔周圍動個不停。正當萊斯第十次用舌頭舔他的臉，在上面塗抹一層厚厚的口水，他抬起頭來。奧斯卡整個人立刻彈躍而起，拉起T恤猛力擦臉。

「很好，我想今天見識到的和練習的都已經夠多了。你有什麼感想，奧斯卡？」

醫族男孩回頭張望。魏特斯夫人好好地坐在小黃廳的椅子上。維克多棲在架上，盯著他們看，一動也不動，但願被他們遺忘。而勞斯則趴躺在地，呼嚕打鼾。

奧斯卡回想起，在萊斯體內的黑帕托利亞時，最後那幾個瞬間。他全身每一個部位都記得：他覺得彷彿被人狠狠痛打了一頓！

「剛剛到底是怎麼一回事？」男孩問。「我被綁在繩子上，一陣龍捲風把我吹到空中！」

「那陣龍捲風只不過是受壓迫的濁氣囊，奧斯卡。這個氣囊來自下一個廳，ＡＡ室。」

「強酸攻擊。」奧斯卡進一步補充，他把老夫人說的話記得很清楚。

「完全正確。在ＡＡ室裡，他們把酸液倒在磨碎的食物上，加以分解。這導致濁氣產生，上升，循食物進入的方向逆流，如你所領悟到的……」

奧斯卡幾乎不敢去領悟剛剛聽到的事。

「這表示，萊斯……打了一個嗝？！」

魏特斯夫人低頭看著洋裝的裙襬，十分尷尬。

「是的，恐怕就是這樣，親愛的奧斯卡。呃……很抱歉。」

奧斯卡嫌惡地看了萊斯一眼，狗兒剛把奧斯卡的球鞋舔得乾乾淨淨。被一個臭嗝噴出來！噁心死了！奧斯卡寧願不要再想。

「我們什麼時候會再回去黑帕托利亞？」男孩無精打采地問。

「明天。」老夫人站起身。

儘管她仍保持一貫的笑容，心中卻有一絲不安。為什麼在陽台上，奧斯卡才剛倚上欄杆，護欄就整個崩落？類似的狀況前所未見，偏偏在男孩第一次練習體內入侵這一天，發生這樣的意外……她左思右想，最後決定放寬心，安慰自己是在瞎操心。自從黑魔君越獄成功，她的確覺得處處都看到危險和不對勁。今天的事本來就可能發生在任何時刻，任何人身上啊！碧昂卡會去把該修理的都修理好，然後就沒事了。總而言之，最重要的就是別嚇到奧斯卡。

她用鍊墜感應牆壁，牆面滑開，放他們出去。

「跟我來，奧斯卡。現在該把你介紹給一些人物認識了。」

他們穿過客廳，兩隻狗兒跟在他們腳後，一起走進玄關，往藏書室去。

魏特斯夫人走進藏書室後，就轉身把門關上。他們往最裡面走，遠離架上的書籍和刻意伸長耳朵的作者們，接近那面掛滿畫像的牆。

魏特斯夫人把鍊墜放在西吉斯蒙的畫像上，並唸誦咒語。畫像牆消失，露出密室，跟他們現在所處的空間一模一樣。奧斯卡靠上前去，看得目瞪口呆。所有剛剛看見的畫中人物都活生生地出現在那一邊，只是稍微有一點透明。他們對他微笑。

「奧斯卡，這裡是不朽之身廳，這些是廳裡卓越的成員。今天，為了迎接你，他們特地全體到齊。」

她對他們微笑致敬。奧斯卡也依樣畫葫蘆，以免失禮。

「不朽之身？」男孩跟著唸了一次，「這些人是……」

「畫像裡的人物，沒錯。這些已逝的醫族傳奇，活著的時候，都是長老會的一份子。他們選擇保持原來的型態，現身在一個跟我們所在廳室一模一樣的房間。」

「那真的……存在嗎？是一個真正的房間？」奧斯卡質疑，一面探出手臂，心裡預期會摸到一面鏡子或螢幕。

「就某種程度而言，是真的。」魏特斯夫人證實。「他們是魂魄，以生前的模樣顯現，好讓別人看得見。他們的記憶完好如初，就像一面通往過去的窗——甚至能通往未來。」老夫人觀察著桌上那束西吉斯蒙的百合花，又補上一句。

「有點像布拉佛先生的叔公那樣。」奧斯卡回應。

「對，差不多是這樣……他們用一個非常簡單的方式讓我們知道他們來到這個房間了：牆上的畫像會發亮。」

「那跟他們說話總可以吧？」

魏特斯夫人微笑。

「他們不用言語回答，但他們的意見非常珍貴，其中寓含的線索比長篇大論更具說服力。」

她迅速地看了百合花束一眼。葉片又恢復美麗的鮮綠，芬芳的花香瀰漫。

她悄悄浮現笑意，總算放心。

「你永遠要以非常尊敬的態度對待他們，奧斯卡。」她壓低嗓子說：「他們每一位在過去都有過非常偉大的成就。」

奧斯卡的眼神把整個房間仔細搜尋了一遍。老夫人猜想得到他在找誰。男孩失望地往後退。

「當然啦！」她想安慰奧斯卡，「某些非常偉大的醫族並不在其中，這裡位置不夠，容納不下所有人。」

她硬要男孩往後退一步，然後，取出她的鍊墜，唸咒語：掛滿畫像的牆面重新顯現，絲毫看不出不朽之身的密室的存在。

兩人在桌邊坐下。魏特斯夫人連忙換個話題。

「恭喜你，奧斯卡！」她說，「第一次的體內入侵實行得很棒！雖然退出黑帕托利亞的方式跟我原先期望的有些出入。但萊斯『消化不佳』，畢竟不是你的錯。」她故意不去詳細解釋。「下一次，我們再一起努力用比較……傳統的方式出來。」

「明天嗎？」

「對，就是明天。不過，我們要進到下一個階段：進入人體。」

奧斯卡驚跳起來。

「人？！」他衝口喊了出來。「我要進入一個人的體內？！這……有誰會願意讓我們進入？」

「我還不知道。我得先跟大長老討論一下。你也太急了吧！」

奧斯卡的情緒黯淡下來。布拉佛先生會不會還在生他的氣？在魏特斯夫人找他討論的時候，他會不會反對讓一個年輕醫族進入人體練習體內入侵？

「我覺得你突然變得很憂心，奧斯卡。」

奧斯卡選擇把心裡的疑惑留給自己。

「好了，」老夫人說，「午餐時間到了。今天早上，你英勇經歷了許多危險，所以，我勸你跳過雪莉料理的餐點。」

奧斯卡對她投以感激的眼神。她壓低音量：

「一個好吃的大漢堡，加上小山一樣的薯條，還有烤肉醬，你覺得怎麼樣？我超愛的，可是至尊長老會裡沒有人肯陪我去吃。我想找個伴。」

奧斯卡開心得猛點頭。

「我，我，我！」他迫不及待地說，「我很願意每天陪您去吃漢堡！」

「好，也許不是每天吃，不過知道你願意當我的伴很好。我出去點餐！」

奧斯卡露出氣惱的表情。

「我們不能直接去吃嗎？」

「不，奧斯卡，你很清楚，一定要避免被人看見我們一起出現……對了，傑利應該也正要出門。讓他替我們把這些都買回來，這樣快多了！然後我們可以在花園野餐。」

她乾脆地對奧斯卡伸出手；男孩遲疑了一下，笑了出來，然後紅著臉與她擊掌。看樣子，魏特斯夫人還有很多他沒想到的面貌！

半小時之後，老夫人坐在一張漂亮的蘇格蘭毯上，傑利和奧斯卡則在吉祖的樹蔭下，大口吞著漢堡和薯條。吉祖守護他們，隔絕外來的偷窺目光，包括彭思的監視。管家早就四處尋找奧斯卡，但吉祖總與他同步轉身，庇護這一小群人。眼看彭思在花園裡聲嘶力竭地喊到沙啞，他們樂得哈哈大笑。後來大家靜靜地享用冰淇淋和奶昔，結束愉快的午餐。魏特斯夫人站起身來。

「我得走了，奧斯卡。我晚一點會再回來跟溫斯頓．布拉佛討論。你呢，你可以再去複習一下黑帕托利亞的地理；這對明天，也就是下一次的入侵練習，多少有幫助。」

奧斯卡仍然不敢把擔憂布拉佛先生生氣這件心事告訴她。魏特斯夫人在離開前臨時補充了一句：

「別擔心。我想我知道你在煩惱什麼，答案就在你的房間裡。我建議你上樓去看看……」

她最後又對他別有意味地微微一笑，隨即消失。

幾分鐘之後，傑利和奧斯卡也跟隨她的腳步離開。

老夫人最後那句神秘的話一直刺激著他的好奇心。他一進入大廳，就東張西望，確認彭思不在附近，然後開始快跑，一直跑上樓梯，一刻也不停。

他像一陣龍捲風似地衝進房間，關上門，轉過身，大失所望：根本沒有任何改變嘛！

他正想下樓追上魏特斯夫人，要她多透露一點，卻發現床上那個綠色天鵝絨方塊。奧斯卡衝過去拿起書，開心得不得了。布拉佛先生願意把魔法書還給他！魏特斯夫人說得對：大長老早就不生氣了，應該也一定願意讓奧斯卡明天再進行一次體內入侵。

而現在，奧斯卡實在太高興能拿回魔法書，問它關於下一次入侵的事。只有這件事要緊：向魔法書提問。

他焦急地翻開書，唸過必要的咒語之後，開始發問：

「魔法書，我爸爸是怎麼死的？」

他等了一會兒，只見空白頁上顯現以下幾個字：

「同樣的問題你已經問過了，而我也回答過了。」

「可是……你沒全部說完！我只看見爸爸在一個陰暗骯髒的地方！」

魔法書猶豫了一會兒，下定決心：

「魔法書沒揭露的事是

魔法書不知道的事。」

無論奧斯卡如何堅持都沒用，生氣，哀求，一點效果也沒有：魔法書的答案始終不變：

「魔法書沒揭露的事是

魔法書不知道的事。」

奧斯卡氣沖沖地闔上書。這怎麼可能？魏特斯夫人正經地說過：只要與奧斯卡的人生相關，魔法書一定會回答。

他坐下來，試圖冷靜，好好思考。從上一次諮詢過魔法書以來，發生過什麼事？他猛然跳起來：藏書室！魔法書一整個星期都待在藏書室。假如曾有什麼變化，一定就是在那裡發生的。若想進一步了解詳情，奧斯卡知道誰能幫忙。

他悄悄走出房間。地板上傳來一陣波動，引起他的注意：原來地毯已習慣奧斯卡全力衝刺，於是波浪般地動盪了一下，準備在他跑起來的時候絆倒他。奧斯卡辛苦地克制衝動，盡可能慢慢走。一到樓梯口，他便像下坡滑雪似地衝下樓，一溜煙跑進藏書室。

他匆忙推門，進去之後，緊急拉住門板，差點沒砰地一聲發出巨響。他快步跑去找茱莉亞．賈柏的資料袋，粗魯地扯開，差一點撕壞保護頁。

「茱莉亞，發生了什麼事？」

頁面始終空白，甚至意圖縮摺起來。奧斯卡意識到自己對害羞的茱莉亞太莽撞了些，連忙改正：

「抱歉，茱莉亞，我的意思是……日安。」

頁面一角顯現一條線。線條好細，筆觸顫抖，奧斯卡幾乎無法判讀。

「日安，奧斯卡少爺……噢！魔法書的事，我真的真的非常抱歉！」

奧斯卡深深倒吸一口氣。所以，他想得沒錯，上個星期，這裡的確發生了什麼事。他盡量用溫和的語氣說話。

「茱莉亞，我的魔法書不肯回答我的問題。您是否能告訴我，在這層書架上，發生過什麼事？」

書頁上顯現一個透明潮濕的圓點。茱莉亞忍不住掉了眼淚。

「您……您當初請我照顧您的魔法書，但我什麼也幫不上，我真的好難過。事情發生在星期六早上，您已經離開庫密德斯會……」

「講給我聽，茱莉亞，拜託。」

茱莉亞鼓起一絲勇氣，字跡顯得較為清楚。

「一大清早，我們全被一陣轟然巨響吵醒：有一本書不停地敲打書架。它鬧了一陣子，實在滑動得太厲害，結果掉到地上。然後，它又挪動位置，跑到我的檔案夾和魔法書正下方。您還記得嗎？我旁邊有很大的空位，但其他書不太喜歡我……」

「快繼續說！」奧斯卡有點不耐煩了。

「就在這個時候，門開了；彭思穿著睡袍走進來，發現地上的書。他沒看清楚，就把它撿起來，往上一放，就放在有空位的地方……」

「也就是在魔法書旁邊！」奧斯卡接口。

「正是這樣。」茱莉亞證實。「魔法書夾在我的檔案夾和那本書中間，而那傢伙開始對它說話。唉！我怎麼樣都聽不到它們在說什麼……」

「它們會交談？」

「就像人類那樣，書也會交談：我們用寫的，文字的聲音只有我們自己聽得見，您也知道的，奧斯卡少爺。我在魔法書另一邊，隔得太遠。總之，它們談了很久，然後，我清楚感覺到，魔法書變得不一樣了。我試著問它，探聽另外那本書跟它說了什麼，但一點辦法也沒有。它無論如何都不肯吐一個字！」

奧斯卡擔心的事果然成真：有人說服了魔法書，要它噤聲！

「茱莉亞，故意換位置跑到我魔法書旁邊的，是哪本書？」

頁面輕輕顫動，茱莉亞一個字也不敢寫。

「告訴我沒關係，茱莉亞，我不會說出去的，我保證！」

秘書小姐猶豫了一陣子，最後，書頁在桌上旋轉，朝最高那層書架豎起。奧斯卡轉過頭，仔細觀看書架，沒發現任何不正常。他又俯身看茱莉亞．賈柏的空白頁。頁面顯現三個字：

波依德

一秒鐘後，字跡消失，但奧斯卡已經看到了。

他火冒三丈，衝到書架旁，手指劃過每一本書的書背，一直到一格空位：那是波依德的書原本的位置，而書卻不在那裡。這時，奧斯卡聽見藏書室的另一端傳來雜響，來自屬於茱莉亞檔案夾的空格和魔法書待了一星期的角落。他立刻認出那個髒汙缺角的皮製封面：《病族文選》又蹦又跳，看樣子是笑到控制不住。波依德正在嘲笑他！

奧斯卡差一點就大發雷霆，但他覺得花點時間思考一下比較好。他慢慢開始了解波依德了：用暴力和怒氣絕對無法從他那裡得到任何東西；相反地，你愈生氣，他愈高興……哼，讓他高興，想都別想！奧斯卡對自己說。

他拿起書，放在桌上，翻開。

「嘿！」波依德用大寫字母叫囂：「怎麼？又跑到藏書室來翻箱倒櫃啦？還是只是過來跟好朋友波依德打個招呼？」

奧斯卡努力擠出笑容。

「日安，波依德先生。沒錯，我來跟您打招呼……還想向您請教一件事。」

波依德大笑起來，趾高氣揚，終於报了一箭之仇，心情大好。

「哈！哈！哈！向我請教一件事！我還以為我『連字怎麼寫都不會』，『書頁看了就噁心』呢！哦！現在有求於比利・波依德，所以就和藹可親，笑臉迎人了，是吧？」

「我……對於上次說的那些話，我很抱歉，我不是故意的。」奧斯卡試圖挽救。

「就是這樣，沒錯……那麼，黃毛小子想知道什麼？字要怎麼寫嗎？怎麼在紙上沾滿大滴墨漬嗎？還是怎麼被散在地上的所有東西絆倒？不對，這件事你自己早就會了，哈！哈！哈！」

奧斯卡閉上眼睛，咬緊牙關，按捺衝動，不去回答。

「不是，我想問您一個關於病族大長老的問題。」

波依德停止大笑，把剛剛寫在頁面上的字句全部擦掉，想了幾秒鐘之後才回答。

「這倒稀奇了。」他仍有戒心，「一個關於病族大長老的問題。你到底想知道什麼？又為什麼想知道？」

波依德突然嚴肅起來，但奧斯卡並未被嚇倒。

「我想知道他被抓起來之後，發生了什麼事。」他含糊地問。

很顯然的，他想從波依德口中得知魔法書拒絕告訴他的事：父親對抗黑魔君那場戰役，怎麼會被監禁起來，然後，再憑一點運氣和小聰明，套出事件的後續發展，以及維塔力在戰役之後的遭遇……但波依德沒那麼容易上當。

「小子，你為什麼不去問你的魔法書？」

還好，奧斯卡找到一個好藉口。

「因為那件事跟我無關。」他說。「所以我的魔法書不會回答。魏特斯夫人建議我讀您的書，學習病族的必要知識。」奧斯卡試圖奉承作者，「她說這本書非常優秀。」

「喔？她真的這麼說？這麼說我？還真客氣啊！……別把我當傻瓜！」波依德用大寫字母潦草寫下。「你以為我沒聽到你和那個茱莉亞．賈柏的對話？總之，從那個呆瓜的哭哭啼啼中，我聽到了最重要的部分：你的魔法書不肯回答你的問題，所以你才跑來找我！」

「都是您的錯！」奧斯卡終於爆發。「我不知道星期六早上您對它說了什麼，但是現在，它不肯回答我了！」

「哈！哈！做得好！哈哈哈！完全沒錯，而且，假如你繼續用這種語氣跟我說話，你的魔法書這輩子都不會再開口了！」

奧斯卡握緊拳頭。他好不容易忍下來，保持沉默，讓波依德肆意使壞。反正他已經沒什麼好損失的了，乾脆孤注一擲吧！

「好，沒關係，我只要去跟布拉佛先生告狀就好啦！說他允許我讀藏書室裡所有書，但您卻不肯把您知道的事告訴我。」

波依德的頁面一片空白，經過了好一陣子，彷彿在深思熟慮。奧斯卡的心七上八下，跳得好快，不確定這是不是好現象。而波依德則決定回答。

「好吧！」他先粗魯地塗改畫黑一團，然後終於寫下，「我會幫你。」

奧斯卡微笑，但沒能持續多久。

「我會幫你……」波依德又說，「但是我給你你也要給我。」

「你給我我給你？」奧斯卡大聲重複他的話。「這怎麼可能？您對我有什麼期待？一個回報換一個問題？您的知識比我豐富多了啊！」

「我的知識比你豐富，那是當然！」波依德依舊有戒心，「但是你，你可以走出這個悶死人的藏書室，我卻不行！所以，如果你想要我讓魔法書恢復語言能力，就必須為我做一件事。」

「什麼事？」奧斯卡不敢掉以輕心。

「小心一點，臭小子，別在我背後放冷箭！要是我們之間的協定洩漏出一點風聲被大長老知道了，你就可以跟你的魔法書永別，再也別想得到任何解答，懂了嗎？」

奧斯卡懵懂地點頭。他始終不知道波依德會要求他做什麼，但聽見大廳傳來腳步聲。他著急地搖晃書本。

「快點！告訴我您想要什麼？！」奧斯卡悄聲問，非常擔心被當場逮個正著。

「別這樣搖我！我沒辦法寫字！」

就在這個時候，門開了。奧斯卡闔上波依德的書，匆忙之間，把茱莉亞的檔案夾放在書上。可憐的茱莉亞，與討厭的作者直接碰觸，簡直嚇壞了！她迅速在空白頁上畫出一片森林，躲入其中。

彭思朝奧斯卡走來，瞄了一眼，企圖得知奧斯卡暗藏了什麼。男孩緊緊摟住兩本書冊，但願檔案夾遮得住波依德的書。

「我正在讀書。」奧斯卡特地聲明。

「恐怕必須中止了。」彭思回答。「我們需要打掃藏書室。或許您可以回房間去用功？」管家建議。

奧斯卡沿著書架走，把檔案夾和書一起擺在平時存放茱莉亞檔案夾的位置。

「抱歉，茱莉亞，我會盡量快點回來把您跟那個傢伙分開。」奧斯卡稍微拉開檔案夾，悄聲說。

一整個下午，奧斯卡有好幾次想偷偷溜進藏書室，始終無法成功。羅莎和依涅絲兩位清潔婦一直沒離開，桌子下，每本書之間，畫框上緣……任何一個小角落都不放過。

晚餐後，奧斯卡最後又試了一次。但是，彭思始終提防戒備，在附近走來走去。醫族男孩根本沒一刻安寧，無法跟波依德說話。好不容易，他才總算實現對茱莉亞的承諾，把她跟《病族文選》分開，將波依德的書拿到最高的書架上，放回原位，離檔案夾遠遠的。茱莉亞在保護頁上嘆了口氣，之前畫的森林慢慢消失，非常謹慎地，一棵樹一棵樹地擦掉……

奧斯卡很快就注意到彭思的把戲：管家一臉若無其事，其實正監視著他。男孩還是把魔法書夾在腋下，回到自己的房間，關上門。很快地，一整天下來所累積的各種情緒和疲累一起襲上，他終究被征服，只能對自己承諾，盡快解開這個新的謎團，隨即沉沉入睡。

墜入深淵

隔天早上，奧斯卡下樓吃早餐。他朝廚房走去，覺得這裡比太過寬敞的餐廳舒服。奇怪的是，廚房裡沒有人，而雪莉不在，會讓人以為整個屋子裡都沒人在。不過，所有東西都已經準備好，擺在桌上：還冒著煙的熱可可，剛出爐的麵包等著他，還有似乎不是從廚娘的爐灶上熬出的美味果醬。

就在這個時候，他看見通往餐廳那扇門後露出一頭稻草般枯黃的亂髮：雪莉探出頭來，臉上掛著大大的笑容。

「我只是想確認小奧斯卡的早餐一切順利！啊！看得出來，您已經解決了可頌麵包！太好了！」廚娘顯得很開心，「待會兒見！」

奧斯卡塞了滿嘴食物，只能點點頭，不太清楚雪莉話中的含意。她來無影，去無蹤。而就在奧斯卡幾乎吃光盤子裡的東西時，又有人闖進廚房：這一次是彭思。今天早上，他的臉色看起來特別陰森。男孩看到他，手裡最後那塊奶油吐司幾乎嚥不下去。

「魏特斯夫人在藏書室等您。」他連日安都懶得說。

奧斯卡站起身，走在彭思前面。

他來到藏書室，魏特斯夫人正在觀賞畫像。今天，她穿了一身白色套裝，一件薄襯衫，頸子上繫了一條淡綠色絲巾。她的捲髮也微微閃映出綠色光澤。老夫人轉過頭來，揚起微笑。

「日安，奧斯卡。昨晚睡得好嗎？今天有一趟美妙的旅程等你去展開，你沒忘記吧？」

「日安，魏特斯夫人。我當然沒忘！」奧斯卡大聲說。

醫族男孩回過頭，看見彭思關上門，動也不動地杵在他們面前。一般來說，他並沒有協助魏特斯夫人對奧斯卡進行新手訓練的習慣；如今他在場，讓男孩很不自在。

奧斯卡朝老夫人靠近些。

「我希望他不會在這裡停留太久。」他壓低嗓門，「這樣才能開始課程……」

「恐怕他偏偏必須留下來。」魏特斯夫人仍專注觀看著牆上的畫，滿不在乎地回答。

奧斯卡盯著管家那張彷彿參加葬禮的臉，那張臉上，目光呆滯。隨後，他又望望老夫人。轉來轉去好幾次之後，終於明白。

「什麼！」他嚇得喊了出來。「您的意思是，我……我要……他？」

他抓住魏特斯夫人的衣袖，苦苦哀求。

「噢！不！不要是他！拜託！」

老夫人總算把目光從畫像上移開，嚴厲地注視奧斯卡。

「奧斯卡，彭思非常大量，願意為你著想，出借他的身體讓你做入侵術練習。我十分相信，你對他心存感激。」

奧斯卡大聲嘆了一口氣，最後還是點點頭，卻絲毫沒多看管家一眼。進入這個送葬者的身體！沒有比這個更糟的人體入侵術初體驗了！他的體內一定是一片漆黑，所有東西都無聊得要命，絕對是這樣！但布拉佛先生和魏特斯夫人既然已經決定好了，他也沒有選擇。他盡最大的努力鼓起勇氣，從T恤領口拿出鍊墜，朝彭思前進。魏特斯夫人攔住他。

「年輕人，我覺得，您好像忘了什麼。」

她轉身望向桌子那一端的座椅。奧斯卡立刻認出父親的披風。八成是管家把它從男孩的房間拿出來的。一想到彭思逕自翻搜他的私人物品，男孩就滿心不爽。他靠過去，發現披風如波浪般飄蕩。他掀開披風。披風下，綁著五個皮囊的戰績腰帶早已期待良久，緩緩升起。

腰帶在空中擺盪。魏特斯夫人滿意地看著它環繞藏書室一圈，最後輕輕圈在奧斯卡的腰上。男孩靜靜凝望了一陣子：他生平第一次繫上了爸爸的腰帶！他多麼希望維塔力也在現場，在他身邊，擁抱他，對他說：爸爸好高興好驕傲。他想起，在奇達爾街的地下室裡，當他決定來庫密德斯會時，母親緊緊地摟住他。若她親眼看見兒子繼承了丈夫的衣缽，或許也會很高興，以他為榮。

奧斯卡抬起頭，對魏特斯夫人微笑。老夫人拿起披風，輕輕披在男孩肩膀上。

「我想，你已經準備好了，親愛的奧斯卡。你現在看起來是個威風的醫族。我知道你不會這樣就滿足。」魏特斯夫人湊近奧斯卡，稍微壓低聲音說。「你將會為我們和全世界成就很了不起的事情，我深信不疑。」

奧斯卡注視她，非常驚訝。

「拿出一點耐心。」魏特斯夫人說，目光卻望著其他地方，彷彿在自言自語。「要有點耐心……」

她站起身，抬頭看彭思。管家站在桌子另一端，從剛剛到現在都沒有絲毫移動。

「彭思在等你。」

「等我？但是……那您呢？還有，」他打量魏特斯夫人這一身裝扮，提出質疑：「您沒穿披風，也沒戴腰帶！」

「沒錯，因為我不需要。」

「啊！」奧斯卡不是很放心，「我以為，有危險的時候，這兩樣東西能保護我們……」

「這也沒錯。但是，我不會有任何危險：我留在這裡。」

醫族男孩嚇得向後倒退一步。

「您不跟我一起來？您不陪我一起？那我該怎麼辦？我……我不知道該去哪裡！我……」

「你會完美解決一切的。」魏特斯夫人接話安撫他。「在你前兩次入侵時，一切都很順利，這一次也一樣。」

「但是，這次，」奧斯卡擔憂地朝彭思看了一眼，「這次不一樣，是要進入人體……」

他本來還想加上：何況是進入彭思的體內！他有種即將被人遺棄在一座恐怖陌生的叢林的感覺。

魏特斯夫人安慰他。

「一旦發生任何問題，無論你在哪裡，都能回得來。至於方法，我們已經談論過：要離開一具身體，你必須先找到醫族蛇杖。這個象徵物是一座高腳盃，頂端有M字，盃身有一條蛇纏繞。然後，你只要專注精神，就能回到我們的世界。如果你都照做了，卻還是回不來，我一定會來找你。」

「可是，到了那裡之後，我該做什麼？」

「做所有醫族該做的事。」魏特斯夫人僅說了個謎語般的答案。「一路順風，好孩子。」

「或許您可以做個決定了？」彭思像根柱子似地站得僵直，首度開口說話。「我還有工作要做。」

奧斯卡轉身看他。

「您可以先坐下，彭思。」老夫人提議。「再這麼站下去，您會變得虛弱……」

管家接受建議，在桌子另一端，奧斯卡旁邊的椅子坐下。他小心地避免接觸男孩的目光，並嘆了口氣。

奧斯卡最後再與魏特斯夫人互望一眼，拿出鍊墜，墜子不尋常地發光。

他瞄準彭思緊閉的嘴，專心冥想黑帕托利亞，向前撲衝。

炫目的強光消散後，奧斯卡認出進入萊斯的黑帕托利亞時去過的第一間地下控制室。唯一的差別是，這間廳室比較大，設備也更完善。

他走到玻璃落地窗前。在這裡，他也認出一望無際的食物輸送工廠，有數不盡的貨車和工人。工人們忙著把彭思嚼下的早餐運送到好幾條輸送帶上。所有輸送帶都經過排出孔，將裝載的東西分頭送進下一個廳室：想必就是有著許多儲存槽的研磨工廠。奧斯卡驚愕地發現：原來人類的黑帕托利亞跟狗的幾乎沒有兩樣！

正當他要離開時，忽然瞥見一輛推往輸送帶的貨車：車上滿滿都是幾乎完好如初的可頌麵包塊！他猛然憶起雪莉早上說的話，豁然開朗。

「好啊！」奧斯卡脫口喊了出來。「彭思，你這個偷吃早餐的卑鄙小偷！」

在管家暗中享用為奧斯卡準備的可頌麵包時，一定剛好被雪莉撞見了，所以他連忙狼吞虎嚥吃下肚：看得出來，每一口都好大一塊！

奧斯卡怒火中燒，離開控制室，邁步跑了起來。這個虛偽的傢伙，讓他等得再久也無所謂……

一直到之前走過的隧道口，他才停下腳步。隧道分岔出許多窄小的廊洞。他該往哪裡去呢？走哪一座廊洞才好？而且，他還沒忘記上次體內入侵的挫折，無時不擔心彭思像萊斯那樣，忽然打個嗝；打嗝故意讓奧斯卡東倒西歪，這種事，管家絕對做得出來。

他甚至不知道前方有什麼東西等著他，他到底應該找什麼，怎麼做，才能返回庫密德斯會。這一次，魏特斯夫人實在太過分了！

這時，他記起賽莉亞常告訴他父親生前說過的一些話：「在你以為錯失了一切，完全無能為力時，其實是自己沒找到真正的問題。」或者「若是時間已經不夠用，快把剩下來的時間拿來認真思考！」這些原則，奧斯卡都已經聽得倒背如流：雖然是爸爸說的，但男孩的個性倔強，從來不肯照做。所以媽媽不斷反覆叨唸。總算遇到這麼一次，再加上眼前也沒有別的辦法，他決定姑且聽從這些建議……解決的方法竟如奇蹟般出現：既然，就像老夫人說的，他來到這裡是要做「所有醫族該做的事」，那麼，醫族的原字母或許會指引他！

奧斯卡拿出鍊墜。M字發出一束光，直射其中一條隧道。

男孩半信半疑，藉著鍊墜的照明，走入隧道，來到一扇像潛水艇艙門的圓形金屬門前。他試著轉動門把，沒有成功。於是，他用M字鍊墜感應：鋼鐵作的方向盤輕鬆轉動，門敞開了。

他踏上一座木造浮橋，進入一個巨大無比的世界，裡面沒有任何窗戶。

在他前方，透明冒著泡泡的湖水延伸，盡頭是沿著這個世界邊緣鋪設的浮橋。浮橋沿岸約有百來位穿著橡膠緊身衣的高大女性忙碌工作，正在為幾千個凸出壁面的乳突裝設吸盤。而在她們的腳下，許多大型機器不斷抽吸從中汲出的液體，就像在幫母牛擠奶一樣。一台機器裝滿之後，就會有一個女工把液體倒入湖中水庫，再把機器擺回原位。所有女工都戴著手套和透明面罩，保護臉部，連一平方公分的皮膚也不露出來。

奧斯卡對幾位女工揮手打招呼，卻沒人理他。他一點也不知道自己降落到了什麼地方。而且，看起來，這裡不會有人告訴他。

他正想折返，回輸送工廠的控制室，忽然聽見一陣有別於機器的低沉聲響。那個聲音似乎來自一具逐漸接近中的引擎。他眺望遠方，發現有個小黑點愈來愈大。不久後，湖中液體盪漾，拍打浮橋的頻率增強，浪沫甚至潑上木板橋面。波浪退下後，留下長長的黏液痕跡。奧斯卡不敢輕心，寧願退後幾步。

很快地，他辨識出一艘船，直直朝著他開過來。就在即將到達前一刻，小快艇突然來個角度很小的急轉彎，一大束水花噴濺到醫族男孩身上。千鈞一髮之際，他用披風擋住了身體。

「唉呀！」只聽見一個女人連忙致歉，「真對不起，奧斯卡！我還不是很能掌控這艘船！」

奧斯卡拉下披風領子，看見一位金色短髮的女人對著他微笑。她的眼睛閃亮亮的，彷彿正要開個玩笑。男孩抖抖披風，用手指抹去殘留的液體痕跡，露出噁心的表情。

「不！」女人警告他，「一定要戴手套！」

奧斯卡立刻把手上的汙漬往T恤上擦抹；被汙水碰到的布面劈哩啪啦地皺成一團，燒出一個小洞，冒出一團黑煙。那詭異的液體溶解了布料！奧斯卡的手指開始灼痛，他用力往披風上搓揉，驚愕地望著船上的女人。

「歡迎來到席亞淋灘，奧斯卡。你在這裡看見的東西，就是口水。」

「口水？！」奧斯卡簡直快吐了。「但是怎麼會這麼刺痛？」

「因為這些是高濃縮精華。必須這麼高濃度的唾液，才能分解一頓餐點！沒有了唾液，就一點也感覺不到我們吃下的東西是什麼滋味……」

原來唾液能讓人嚐到食物的滋味！奧斯卡暗下決心，下次吞下雪莉煮的料理時，無論如何也不要分泌口水。

那位女士舒服地輕嘆一聲。

「我好愛這個地方。」她說。「這座湖，這些穿著緊身衣的女工，你要說她們穿的是泳裝也可以。只缺棕櫚樹和夕陽就一切完美了！」

奧斯卡朝小艇走去。這個奇怪的人物顯然認識他，但是他們之前從未見過。

「抱歉，但是……難道您是某種……碧昂卡之類的？碧昂卡·小白？」

女士把頭歪向一邊，望著黏答答的湖水，凝視自己的倒影，沉思起來。

「你真的覺得我像一隻小狗嗎？我說呀，年輕人，你這種跟女性說話的方式是在哪裡學的？」

「不，我的意思是……我以為這裡跟萊斯的身體一樣，在那間機械控制室……總之……對不起。何況，」奧斯卡試著彌補疏失，「您說起話來不像狗吠。」

「當然不。」女士點頭，覺得好笑。「我不狗吠，但是如果被惹毛了，有時候，我會咬人。」

她抖開一樣東西。原先奧斯卡還以為那是一件雨衣。她攤開之後，披上肩膀，是一件綠色天鵝絨披風。男孩發現用金線繡成的M字，鬆了一口氣。

「走吧，上來，要開始導覽了。」

奧斯卡跳上快艇，後腳才跟上前腳，女士就旋風似地發動船隻。他盡可能站穩，好不容易在她身旁坐下，船隻早已破浪向前衝。

「我一直在等你，奧斯卡．藥丸。」為了蓋過引擎轟隆和波浪的聲響，那位女士大吼。「我是莫倫．茱伯特。」

「那我知道您是哪位了！」奧斯卡胸有成竹地說。

「哦？」莫倫打趣問：「我這麼有名啊？」

男孩點點頭。

「魏特斯夫人跟我提起過您。」奧斯卡回答：「您是至尊長老會的成員，也是黑帕托利亞的專家。而您的座椅是，」醫族男孩精準地補上一句：「金姐羅傑斯！」

莫倫鬆開方向盤，在胸前緊握雙手。

「我一直想當大明星，感謝貝妮絲．魏特斯，這個夢想實現了！」

奧斯卡卻無暇理會這個玩笑，一點也笑不出來：他的眼睛緊盯著被丟下的方向盤。莫倫注意到男孩的焦慮不安，便重新掌舵，全速破浪。他們的披風和奧斯卡的一頭火紅捲髮迎風飛揚。在席亞淋這座巨大的唾液工廠暗粉紅色的拱頂之下，兩人都被刺激得流淚不止。

莫倫朝身旁的男孩看了一眼。

「你長得跟你爸爸很像。我想，應該已經有人跟你說過了。」

奧斯卡驕傲地點點頭。莫倫則顯得很感動：維塔力．藥丸已經去世很久了，但他英俊的臉龐未曾從她的記憶中抹滅。

「很高興認識你。你想不想駕駛這艘快艇？」她說，藉此掃除心中的悸動。「我想，對開船這件事，我不是很拿手。油門在這裡，這是方向盤，其他的，呃，你就自己看著辦吧！」

奧斯卡瞪著她，眼睛睜得又大又圓。他連忙就定駕駛位置，以免莫倫改變心意。他推高右邊的把手，船身從湖面彈起，差一點把莫倫．茱伯特甩出去。

很快地，奧斯卡已能掌控快艇，莫倫伸出手指指示方向，他們緩緩駛入一個小港，靠岸停泊。在氣泡裡工作的幾名年輕女工抓住莫倫拋下的纜繩，綁在纜樁上。

這兩位船員踏上了陸地，面對一棟像是漁人小屋的建築。奧斯卡看出那只是畫在牆上的門面，屋子的內部很深很長。他注意到門上有醫族的M字。

「事實上，」莫倫坦承，「席亞淋是黑帕托利亞最美麗的區域。於是，我在這裡設置了一棟避暑別墅，湖上景觀一覽無遺。很美吧，不是嗎？好啦，的確，彭思的席亞淋灘不是最美的，但因為他們要我來這裡跟你會面，所以……」

奧斯卡禮貌地點頭，同時想起和薇歐蕾及媽媽一起度假的海邊風光。可憐的莫倫，如果她會喜歡在一個充滿唾液的大泡泡裡度過夏天，一定是因為從來沒看過海，真正的海！

「來，」她說，「跟我走。記得跟帕若蒂德們打招呼：她們一直都很友善，也喜歡人家對她們一樣友善。」

奧斯卡連忙對著穿橡膠緊身衣的女工們大力揮手。她們也親切地回應。然後跟著莫倫走進避暑別墅，把門關上。

莫倫站在房間中央的桌子後面，伸出手。她的掌心內有一個小水晶瓶，散發出璀璨光芒。瓶塞中央，一個大寫M字鑲在完美的圓圈裡。這個醫族符號在瓶塞裡旋轉，彷彿能自由動作。

「奧斯卡，我來這裡，不是為了跟你搭船繞湖一圈，也不是要對你長篇大論講課，而是要把這樣東西交給你：這是黑帕托利亞之瓶。」

奧斯卡不敢接過瓶子，只敢從莫倫的手中欣賞。

「它是你的了。」莫倫再度強調，「拿去吧！」

他猶豫了幾秒，小心翼翼地用兩手捧住。就在此同時，他感到腰間一陣騷動：戰績腰帶發亮，從左數來的第一個皮囊自動解開。奧斯卡看了透明的小瓶子一眼。

「瓶子是空的沒錯。」莫倫點頭，「而這正是你今天進行入侵的目標。你必須把你的黑帕托利亞之瓶裝滿，奧斯卡。裝滿之後，隨身攜帶，逐步將自己打造成一名醫族。這個瓶子是第一樣戰利品；任何人少了它，都無法進入第二個世界，你也不例外。」

奧斯卡把目光從瓶子上移開，詢問莫倫。

「但是我該去哪裡把這個瓶子裝滿？用什麼裝滿呢？」

「這個世界以黑帕托利亞山命名，在那座山脈核心深處，你將找到珍貴漿液，用它注滿這個水晶瓶。只有去那裡才找得到，也只有黑帕托利亞居民才知道製造這種漿液的秘密。在我們的世界，稱之為膽汁。」

「但那山脈在哪裡？」奧斯卡焦急不已。「我對這裡一無所知啊！」

莫倫把她的錬墜擺在桌上，桌面立即變成一張透著亮光的地圖；各種元素在上面移動，鮮活得像一部電影。

「奧斯卡，這是一張黑帕托利亞的最新地圖。這裡，這座朝天豎起的巨塔，是咀嚼洞穴。」她說，「其實，也就是口腔。當彭思吃東西的時候，食物進入這道洞穴，經過咀嚼，掉入幾百公尺深的地底洞，來到輸送工廠。你看見咀嚼洞穴周圍那些白色的泡泡嗎？那就是席亞淋，專門生產唾液。而在其中一個泡泡中發亮的這兩個小M字，就是我們，奧斯卡。在這裡。」

奧斯卡專注看著莫倫的手指在地圖上滑動，畫出了一條路線。

「輸送工廠，」她說，「你已經去過了。還有研磨工廠，如果我沒弄錯魏特斯夫人所說的意思，你也應該已經曉得是怎麼一回事了……」

奧斯卡並不很想重提他掉入研磨槽的經過，更不願說起他是怎麼從萊斯的黑帕托利亞噴出來的。魏特斯夫人竟然把這些糗事講給別人聽，他氣惱極了！現在，所有長老會的成員大概都知道了吧！

看他一臉窘態，莫倫微笑起來：她喜歡逗逗人，卻不想傷害他們。於是她連忙安慰他。

「我只知道，掉入大桶子並不是你的錯；最重要的是，你很冷靜地脫困了。」她溫柔地說，「恭喜你，奧斯卡，初次的體內入侵非常成功！得知你幾乎在第一次就辦到了，大長老和我都非常驚喜！」

線。

奧斯卡忘了先前的尷尬，興致勃勃地俯身注視地圖，臉上掛著感激的微笑。莫倫繼續講解路

「從桶槽室下方開始，這一條長長的管道將食物泥送往AA工廠。千萬小心酸液攻擊：剛剛，你覺得濃縮唾液刺激性很強，但跟這座工廠裡的酸液比起來，那根本不算什麼！酸液能在瞬間分解任何東西！」

奧斯卡不禁打了個冷顫。他懷疑莫倫之所以說明這一切，是因為他必須經過這條路，才能抵達山脈。

他的手指指著地表上隆起的一大團東西。

「這就是黑帕托利亞山？」男孩問道，心有餘悸。

莫倫點頭表示沒錯。

「要去這座山有兩種方法：第一種就是經過AA工廠下方的管道；或者利用跨界大水網。」

「利用什麼？」奧斯卡好奇地問。

「跨世界水域分佈大網絡。你喜歡水嗎？像是海洋、湖泊、河川之類的？」

奧斯卡點點頭，不太清楚莫倫想把話題扯到哪裡去。

「那就好。」莫倫微笑，繼續說下去：「大水網由數不清的小溪、河流以及大江組成，有些是地底伏流，有些則位於地表。它們連繫湖泊和海洋，還有黑帕托利亞各處，甚至不同世界四面八方的角落。在外面的世界，這就是所謂的靜脈和動脈。謹慎行事，奧斯卡。」莫倫特地叮嚀。

「跨界大水網當然非常有用，但必須確實熟知網絡中的各條水流及其流向，才能在其中航行！還

有，我剛剛忘了說，」莫倫又補充，「還必須懂得各種船隻，認識船隻的駕駛……」

「船隻的駕駛？」奧斯卡又好奇起來，「您的意思是，這個網絡中有人工作？」

「他們不僅在那裡工作，也在那裡生活！我就說這麼多了，奧斯卡。如果真的要講，講多久也講不完，最後你也記不住。你只要牢記一件事：在這場歷險中，你不是孤單一人。」

「您也會在嗎？」奧斯卡不敢懷抱多少希望，卻仍試探地問問看。

「會有比我更好的與你同在。」她說。

莫倫高舉她的鍊墜，奧斯卡的披風彷彿受到一條隱形的線牽引，揚起一片衣襬，其中一個內袋露出一截書角。奧斯卡認出那綠色天鵝絨封面：是他的魔法書！魏特斯夫人在為他準備披風和戰績腰帶的同時，並沒遺漏魔法書。然而，奧斯卡卻擔心更糟的事：自從魔法書拒絕回答與維塔力相關的一切之後，醫族男孩認為這本書從此緘默，對他再也沒有用處了。繡在魔法書上的M字閃亮了一下，彷彿要主人安心。

「一切小心，奧斯卡。」莫倫再次囑咐。「你知道，在入侵體內的時候，使用魔法書的規定……」

「是的。」他說，「我一天最多只能問它兩個問題。」

「那是當你在體外的時候。」莫倫糾正他。「而當你已進入體內，你只能問一個問題，也就是說，整趟旅程中，你只會得到一個答案。所以，在你決定詢問魔法書之前，一定要先好好權衡輕重。試著自己解決難題，不到最後關頭，別輕易浪費這唯一的機會；特別是別在一開始就用掉，因為，往後很可能會遇到更複雜的情勢，卻已經沒辦法使用魔法書了……」

奧斯卡的目光停駐在他的魔法書上。整段旅程只能問一個問題……他一定會好好記住。

莫倫正打算再給他最後一些忠告，汽笛聲忽然響起，迴盪在整座席亞淋湖畔。兩名醫族迅速衝到門邊。

到目前為止，帕若蒂德女工雖然都很忙碌，但始終保持平靜，現在卻慌亂成一團：她們在浮橋上到處亂跑，倒是沒有互相碰觸到。她們的動作既迅速又精準，奧斯卡還以為自己正在觀賞一步快動作播放的影片！她們及時把吸盤固定在突然大量分泌液體的乳突上——乳突的分泌功能似乎也加快許多。唾液流得滿牆壁都是，滴落在木棧道上，灑入湖中，帕若蒂德甚至來不及收集。席亞淋灘的湖水高度節節上升，情況危急。要不了多久，就要淹上浮橋來。

「發生了什麼事？」奧斯卡焦急地問。

「彭思！這個大笨蛋！他一定吃了東西！席亞淋開始運作，生產口水！」

莫倫把奧斯卡推向岸邊。

「快，奧斯卡，快點上船！」

奧斯卡跳上快艇，轉身望著留在浮橋上的莫倫。

「可是……您呢？」男孩大喊，盡量使聲音蓋過周遭的噪音。

「我留在這裡！黑帕托利亞世界的壓力升高了，奧斯卡。閥門馬上就會打開，壓力將重新降下來，別替我擔心。發動引擎吧！快！」

莫倫睜大眼睛，觀察四周環境。黑帕托利亞世界的內壁不停震動，逐漸充滿唾液，膨脹起來。嗶嗶響聲被尖銳的警笛取代，刺著奧斯卡的耳膜，他在船上全身痙攣，動彈不得，直到莫倫以命令的口氣將他抽離驚傻狀態。

「奧斯卡，發動引擎，等閥門一開，讓席亞淋的唾液噴出，你就全力順流向前衝！」

這一次，奧斯卡遵從照辦。他連忙找到按鈕，試圖發動。引擎不肯回應。他伸出顫抖的手，再次轉動鑰匙，注意等著船上和船外即將發生的狀況。引擎轟隆作響，噴吐了幾聲，再次熄滅。醫族男孩試著保持冷靜。就在這個時候，一個爆裂聲劃破空氣，警笛聲戛然而止，只聽見一股恐怖的滾滾低吼。這個地方漲滿到了極限，閥門全數開啟，唾液從席亞淋傾瀉而出，產生駭人的巨響。狂潮已經將無助的小船捲走，引擎仍然不肯發動，奧斯卡獨自在甲板上，一籌莫展。

「再加把勁，奧斯卡，再試一遍！」莫倫大喊。

奧斯卡咬緊牙關，再次插入鑰匙，第三次轉動。船艇吐出兩朵黑雲，引擎總算隆隆震動。他握緊方向盤，試圖對抗狂潮。遠遠地，他還能看見莫倫在岸邊比手畫腳，要他朝排水閥門航行，順流而下。於是他盡量避免處處形成的漩渦，逐漸遠離，來到看起來像急流的區域。

很快地，奧斯卡已能瞥見這個空間盡頭大大的開口。被包圍在一股股波浪與漫天泡沫之中，他根本不可能看見那個開口後面有什麼，不過，他已經做了最壞的打算。滾滾轟隆不斷擴大，引擎很快就毫無用武之地：宛如一束小草，他被捲入一道瀑流。

直到船隻跌入空中，他才明白，實際狀況比想像中的還糟：從席亞淋噴瀉出的唾液簡直可比尼加拉大瀑布！

小船直往下沉，將奧斯卡帶入一團由幾十億顆口水滴噴灑出的雲霧中。他如一顆石頭重重摔落，尖叫聲被瀑布震耳欲聾的巨響淹沒。

國家圖書館出版品預行編目(CIP)資料

藥丸奧斯卡. 第一部, 醫族現世 / 艾力.安德森作 ; 陳太乙譯. -- 初版. -- 臺北市 : 春天出版國際, 2018.12
面 ; 公分. -- (D小說 ; 19)
譯自 : La révélation des medicus
ISBN 978-957-9609-49-4(平裝)

876.57 107006601

D小說 19

藥丸奧斯卡 第一部 醫族現世

La révélation des Médicus

作　　者　艾力・安德森 Eli Anderson
譯　　者　陳太乙
總 編 輯　莊宜勳
主　　編　鍾靈
出 版 者　春天出版國際文化有限公司
地　　址　台北市信義路四段458號3樓
電　　話　02-7718-0898
傳　　真　02-7718-2388
E－mail　frank.spring@msa.hinet.net
網　　址　http://www.bookspring.com.tw
部 落 格　http://blog.pixnet.net/bookspring
郵政帳號　19705538
戶　　名　春天出版國際文化有限公司
法律顧問　蕭顯忠律師事務所
出版日期　二〇一八年十二月初版
定　　價　250元

總 經 銷　楨德圖書事業有限公司
地　　址　新北市新店區寶興路45巷6弄6號5樓
電　　話　02-8919-3186
傳　　真　02-8914-5524
香港總代理　一代匯集
地　　址　九龍旺角塘尾道64號 龍駒企業大廈10 B&D室
電　　話　852-2783-8102
傳　　真　852-2396-0050

ISBN 978-957-9609-49-4　Printed in Taiwan